恋と
ポテトと
文化祭

Love & Potato & School festival

Haruma Kobe

神戸遥真

講談社

恋《こい》とポテトと文化祭《ぶんかさい》

Eバーガー2

恋とポテトと文化祭

Eバーガー2　目次

プロローグ
5

1 どうかなさいましたか？
8

2 ご注文はお決まりでしょうか？
37

3 勤務時間中なのでご遠慮《えんりょ》いただけますか？
81

4 ただ今ご用意しますので、
少々お待ちください。
103

5 イートインでお願いします。
142

6 ご来店、ありがとうございます。
175

エピローグ
205

装画
おとない ちあき

装丁
岡本歌織（next door design）

プロローグ

受験に失敗して、やりたかったこともできなくて、ずっと気持ちがくさくさしてた高校生活。

夏休みになるやいなや、ひょんなことからファストフード店・Eバーガー京成千葉中央駅《けいせいちばちゅうおうえき》前《まえ》店でアルバイトを始めることになっちゃって。

モノクロだった生活が一変した。

今まで接点のなかった、色んな年齢《ねんれい》や環境《かんきょう》のバイト仲間ができて、友だちもできた。

うまくいかないこともたくさんあったけど、接客の仕事やできることが増えてきた。

色んなお客さんと出会って、世界は思っていたよりずっと広いってことがわかった。

私がこれまでうじうじ悩《なや》んできたこととか、うまくいかなかった学校っていう空間とか、そういうものって全部、広い世界の一部でしかなかったんだって実感できた。

例えば私は自分を変えたくて演劇をしたいって思ってて、それが叶《かな》わなくてあらゆるやる気を失くしてた。でも本当に自分を変えたいんだったら、演劇以外の選択肢《せんたくし》もある。

そういうことに気づけたのも、知らない世界に飛《と》び込《こ》んでいけたから。

そしてそんなアルバイトを辞《や》めさせられるかもしれないってピンチのときに、私の話を聞いてくれて、背中を押《お》してくれたのが源《みなもと》くんだった。

同じ作草部《さくさべ》高校に通う一年生で、仕事のときは超《ちょう》厳しいし何かと塩対応だけど、でも本当はすごく優《やさ》しくて頼《たよ》りになる。

そんな源くんのことが好きだって気づいた、矢先のこと。

源くんが笑うのを見てしまった。

いつもぶっきらぼうで仏頂面《ぶっちょうづら》ばかりで、思いっ切り笑ったりしない人だと思ってた彼《かれ》が、顔中で柔《やわ》らかく笑った。

ただでさえドキドキしてた心臓が一瞬《いっしゅん》止まるくらい驚《おどろ》いて、でも私の気持ちはその笑顔《えがお》に見とれる前に落っこちた。

だってそれは、私じゃない、別の女の子に向けられたものだったから。

……私ってば、いつもそうなのだ。

ツいてない。タイミングが悪い。

好きだって自覚した直後に、好きな人にはほかに好きな人がいるかもしれない、なんてことに気づかされるなんて。

いまいちすぎるにもほどがある。

1．どうかなさいましたか？

一学期の終業式の日には、予定がなさすぎて憂鬱《ゆううつ》でしかなかった夏休み。

それが、これでもかってくらい濃厚《のうこう》な日々で色んなこともあり、本当にあっという間に過ぎ去ってしまって、もう九月だなんてなんだか実感がわかない。

今日は九月一日、始業式。朝からすでに胃が痛い。

電車に乗って西千葉駅《にしちばえき》で降りて、駅から学校までの十分ほどの距離《きょり》を歩きながら、教室での挨拶《あいさつ》を必死に脳内でシミュレーションする。

大丈夫《だいじょうぶ》、この一ヵ月半、Eバーガーでたくさん挨拶をしてきたのだ。うまく「いらっしゃいませ」が言えなくて、家で一人で特訓したことすらあった。

教室で「おはよう」くらい言えるはず……！

ほんの十日ほど前、登校日のことを思い出す。あの日は色んなことがうまくいった。

アルバイトでの経験が役に立って、クラスの文化祭の話し合いに普通に参加できた。そのあと、深田《ふかだ》さんを筆頭とした女の子たちと普通におしゃべりもできた。

門限だのなんだのと厳しいお母さんという要因も相まって、今までクラスで浮《う》き気味《ぎみ》、その「普通《ふつう》」すらできなかった私にしては大進歩。

この調子で二学期も普通にやっていきたい、などとついつい肩《かた》に力が入っちゃうのもしょうがない。

駅からの通学路は私と同じ作草部《さくさべ》高校の生徒たちでいっぱいで、私みたいな一人や、おしゃべりしながら数人で歩いている生徒もいた。にぎやかな空気にますます緊張《きんちょう》を強くしていたら、ふいに視界の先、斜め前方に見覚えのある黒髪《くろかみ》の横顔を見つける。

源《みなもと》くんだ。

にぎやかにおしゃべりしている、男子と女子のグループの前を一人で歩いていた。

源くんはその見るからに気の強そうな顔立ちそのままのきりっとした雰囲気《ふんいき》で、朝とはいえぼんやりしていたり眠《ねむ》そうだったりする様子はない。

Ｅバーガーのダークグレーの半袖《はんそで》シャツの制服姿は見慣れていたけど、白い学生シャツ姿はそういえば初めて見た。イヤフォンのコードがチラと見え、何か音楽を聴《き》いてるっぽい。

源くんの最寄《もよ》り駅《えき》は私の最寄り駅の一つ隣《となり》だし、同じ電車だったのかも。

一学年には三百人以上いるし、同じ高校とはいえクラスが違《ちが》う源くんのことは、アルバイトで一緒《いっしょ》になるまで存在すら知らなかった。これまでも意識していなかっただけで、同じ電車に乗ってたり、すれ違ってたりしていたのかもしれない。なんて考えたら、さっきまでの緊張も忘れて胸《むね》の奥《おく》がじれったさでよじれそうになる。

アルバイトをしてなかったら、きっと知り合うことも話すこともなかった。

この世界にはたくさんの人がいて、知り合うかどうかはちょっとしたタイミングの違いでしかなく、他人のままの方が圧倒的《あっとうてき》に多い。そう考えると、知り合えたこと自体が小さな奇跡《きせき》。

歩行者信号が赤になって、源くんが立ち止まった。

……このまま何人か追《お》い抜《ぬ》いて前に出て、「おはよう」って声をかけたらどうだろう。

なんでもない顔で「おはよう」って返してくれるだろうか。それとも、面倒《めんどう》そうな顔でもされるだろうか。その流れでおしゃべりしながら、学校まで一緒に行けたりしないかな。

私も足を止めた。生徒数人分の距離がすごく遠くに感じられて、しまいには心臓が痛くなってくる。

源くんに声をかけることに比べたら、教室で挨拶するくらいなんでもないかも……。

「おはよう、優芽《ゆめ》ちゃん」

急に横から明るく声をかけられ、考え込んでいた私はビクついた。

「あ……深田さん。おはよう」

同じクラスの深田さん。何かと浮き気味の私にも一学期の頃《ころ》から声をかけてくれていた、優《やさ》しくて気配りのできる子だ。一学期は二つに結んでいた髪を今日は白いシュシュでサイドにまとめていて、あいかわらずかわいらしい。

「ごめん、驚《おどろ》かせちゃった？」

「ちょっとぼうっとしてて……」

「前の方に優芽ちゃんがいるのが見えたから、早歩きしちゃった」

深田さんは笑顔《えがお》で少し上がった息を整える。こんな風にさらっと源くんに追いついて、軽い口調で挨拶とかできたらいいのに。

九月になってもまだまだ日差しは強く、半袖の腕《うで》にまとわりつく空気は蒸《む》している。深田さんは額に滲《にじ》んだ汗《あせ》をハンカチで押《お》さえた。どうせ教室で会うのに、私のために急いでくれるなんてありがたい。

一学期は、深田さんには気を遣《つか》わせて悪いなって思ってばかりだった。やる気が出なくて、教室の空気になじめなくて、なのに深田さんはみんなの輪に私を入れてくれようとしていた。

そういうのはもうナシにして、もっと普通に仲よくしたい。

友だちになりたい。

夏休みの間に、バイト仲間でフリーターの香坂萌夏《こうさかもか》さんと仲よくなれたことを思い出す。私とは家庭環境《かていかんきょう》もキャラも違う萌夏さんだけど、二人で千葉城《ちばじょう》に上って色んな話ができたのは楽しかった――

チクリと胸の奥が痛む。

そっと源くんの方に目をやって、すぐに隣の深田さんに戻《もど》す。

歩行者信号が青に変わり、源くんが歩いていくのを視界のすみに捉《とら》えつつ、私は深田さんと並んで歩きだした。

「優芽ちゃん、今日はバイトないんだっけ？」

「うん。今日は文化祭の準備ばっちりできるよ。お弁当も持ってきてるし」

色んな偶然《ぐうぜん》と勘違《かんちが》いなどがあり、私は一ヵ月半前、先の夏休みからアメリカに本社があるファストフードチェーン店、Eバーガーの京成千葉中央駅前店《けいせいちばちゅうおうえきまえ》でアルバイトをしている。Eバーガーの「E」は、創業者の名前である「イーサン（Ethan）」から取られてるんだって。

夏休み中は平日に四日のペースでシフトを入れていたけど、二学期からは週に三、四日のペースの予定。平日は二、三日、土日はどちらか一日って感じだ。

そしてアルバイトがない日は、十月下旬《げじゅん》の文化祭に向けての準備もある。二学期はしばらく忙《いそが》しくなりそう。

深田さんと学校に到着《とうちゃく》した頃には、私たちより歩くのが速かったのか、源くんの姿はもう見えなくなっていた。がっかりしたようなホッとしたような気分で心の中で嘆息《たんそく》する。

変な緊張は気がつけばどこかに行っちゃってて、深田さんと一緒に向かった教室では、特にかまえることもなく「おはよう」って自然に挨拶できた。

何人かのクラスメイトが挨拶を返してくれたのが嬉《うれ》しい一方、一度思い出した気持ちの重さはなかなか意識の外に消えなかった。


あの日、あの源くんの笑顔を見てから、源くんと萌夏さんのことばかり私は考えている。

私には塩対応が基本で素っ気なくて仏頂面《ぶっちょうづら》ばかり、みんなにも愛想《あいそ》のないキャラだって思われてる源くんが、萌夏さんにはとびきりの笑顔を見せた。

以前、萌夏さんは、「そういうのめんどい」と恋愛《れんあい》には興味がないようなことを口にしていた。萌夏さんと源くんが付き合ってる、って感じはしないし、もしそうなら店でとっくに噂《うわさ》になってるだろう。と、いうことは。

源くんの、片想《かたおも》い？

あの源くんがあんな笑顔になっちゃうなんて、好き以外の何があるんだって気がする。少なくとも、私にはあんな顔を見せてくれたことは一度だってないんだから。

……気づきたくなかった。気づかないまま源くんのことを好きでいる方が、どんなにか楽だっただろう。

私と萌夏さんじゃ違いすぎる。お母さんとの関係で悩《なや》んでいた私と、親元なんてとっくに離《はな》れて一人暮らしをしている萌夏さんとじゃ、比較対象《ひかくたいしょう》にすらならない。

源くんのことが好きだって自覚はしたけど、今すぐ告白したいとか、付き合いたいとか、そんな風に思ってたわけじゃない。だから、勝手に好きでいる分には、源くんが誰《だれ》を好きでも関係ないって何度も自分に言い聞かせようともしてみた。

それでもやっぱり、気になるものは気になる。

正面から「萌夏さんのこと好きなの？」なんて源くんに訊《き》けるわけがない。なので少しでも源くんの動向を観察したかった、のに。

二学期になったら、途端《とたん》に源くんとの接点が減った。

学校ではすれ違うことすらまれで、選択授業《せんたくじゅぎょう》もかぶってない。遠くから見かけることはあれど、会話をする機会は皆無《かいむ》。

そして肝心《かんじん》のアルバイトも、九月前半のシフト表を見て愕然《がくぜん》とした。シフトがかぶるのは、多くても週に二日ってところ。夏休み中は毎日のように一緒に働いて、トレーニングをしてもらってたのが嘘《うそ》みたい。

夏休みが終わる頃には、少しは仲よくなれたんじゃないかと、友だちとしてでもちょっとくらいは距離が近づいたんじゃないかと思ってた。

なのに、そんな期待が消えるくらいには距離がある。

♪♪♪

始業式から一週間が経《た》ったその日の放課後。

今日も源くんとシフトがかぶってないと、尾《お》の垂れた犬のような気持ちでEバーガー京成千葉中央駅前店へ向かった。

すると、楽屋に休憩中《きゅうけいちゅう》の萌夏さんがいた。

化粧《けしょう》っ気《け》はあまりなくさばけた感じではあるものの、私と二歳差《さいさ》とは思えない大人っぽい雰囲気。長い茶髪《ちゃぱつ》を一つに結《ゆ》い、Eバーガーの制服姿で、パンツの長い脚《あし》を組んで椅子《いす》に座《すわ》っている。

一瞬《いっしゅん》思考が停止して挨拶が遅《おく》れた。すると萌夏さんの方から「久しぶりー」って先に声をかけられ、慌《あわ》てて「おはようございます」ってペコッと頭を下げた。

「今日は早いんですね」

夏休み中は日中にも働いていた萌夏さんだけど、九月になってからは夜のシフトが多く、源くんと同様に私とはシフトがかぶってなかった。

ちなみに、Eバーガーでは店を一つのオーケストラに見立てていて、音楽用語を使うという慣習がある。従業員のことを演奏者を意味する「プレイヤー」、休憩室のことを「楽屋」と呼ぶのもそのせいだ。

萌夏さんが得意だという閉店作業も「終演作業」と呼ばれ、マシンやフロアの清掃《せいそう》、次の日のための仕込《しこ》みなんかをするらしい。なお、深夜の終演作業は時給が五十円上がる。

「風邪《かぜ》で休みの人がいて、ランチの人手が足りなかったから。今は休憩中」

高校を中退した萌夏さんは現在十八歳、十六歳の頃からこのお店で働いているベテランで、フリーターゆえに時間の融通《ゆうずう》が利《き》きやすいのか、急なシフトの変更《へんこう》にも気さくに応じているようだ。どの時間帯のどのポジションの仕事でもテキパキとこなせる。

椅子に座っていた萌夏さんは脚を組み直し、「はい」と何かをこっちに差し出した。不動産屋の広告がプリントされたうちわ。

「優芽ちゃん、なんか暑そう」

千葉駅から店まで徒歩十分、八月の炎天下《えんてんか》に比べれば少しはマシになったとはいえ、まだまだ残暑は厳しく着いた頃には額に汗が滲んでいた。

「ありがとうございます」

何か話さなきゃって思うのにそれ以上の言葉が出てこず、沈黙《ちんもく》をごまかすようにうちわをパタパタ動かす。萌夏さんは私の態度を気にする様子もなく、すぐに手元のスマホに目を落とした。

……萌夏さんと気まずくなる理由なんてない。

このお店で働くようになってよかったことの一つが萌夏さんと仲よくなれたことだって、今でも断言できる。うちのお母さんが店に乗り込《のこ》んでくるってときには、茶色かった髪をわざわざ黒く染めたりもしてくれて……。

あれ、と気がついた。

「萌夏さん、髪の色はもう戻したんですか？」

萌夏さんの髪は、以前のような茶髪に戻っている。

「あー、染め方が悪かったのか、変に色落ちしちゃってさ。前の色に染め直した」

「なんかその、すみません。私のせいで余計な手間かけちゃって……」

「謝《あやま》ることないっしょ。あたしが好きでやったんだし」

けらっと笑う萌夏さんに、一方の私はなんだか情けなくなってくる。

そんな私に気づいてか、萌夏さんは話題を変えるように楽屋の壁《かべ》、お知らせや近くの映画館の上映スケジュールなどが貼《は》ってある掲示板《けいじばん》を顎《あご》で指し示した。

「そういや、来週から始まる秋の新メニューの資料もう見た？」

「あ、まだです」

「今度のシェイク、梨味《なしあじ》だって。おいしいのかな」

九月の新メニューの説明が貼ってあった。

梨シェイク、スイートポテトパイ、和風きのこハンバーガー……。

うちわの陰《かげ》から、萌夏さんの横顔を覗《のぞ》き見《み》る。

萌夏さんと比べると、嫌気《いやけ》が差すくらい私は平凡《へいぼん》だ。

お母さんにやりたいことを伝えられるようになって、私も少しは変われたって思えた。それは私にとってはすごく大きな一歩だった――けど。

そんなの、萌夏さんの人生と比べたらなんと些細《ささい》なことなのか。

詳しいことはわからないけど、萌夏さんは両親とは別居していて、現在は父親からの仕送りとアルバイト代で一人暮らしをしているのだという。

私がこれまで想像したことすらなかったような人生を送ってきたであろう萌夏さんに、最近はつい引け目を感じてしまう。

うちはお母さんがちょっと過保護なくらいで、住む家やお金のことで悩んだこともない。恵《めぐ》まれてるってことは理解してる。

けど、経験値や知ってる世界の広さ、それに付随《ふずい》する人間的な魅力《みりょく》みたいなもので、私に勝てるところなんてないって思わされてしまう。

仲よくなれたときは、そんなの関係ないんだって思えたのに。

「パイナップルシェイク、夏限定じゃなくて通年販売《つうねんはんばい》でもいいのになー……」

萌夏さんはそんな風に呟《つぶや》いてから、私の視線に気づいた。

「どーかした？」

「その……」

そもそも萌夏さんは私と勝負なんてしていない。バカなことを考えている自覚はあった。気にしすぎてもしょうがない。

「優芽ちゃん？」

――そう、思うのに。

「も、萌夏さんって……今、好きな人とかいるんですか？」

衝動《しょうどう》に負けて、ついそんなことを訊いてしまった。

ポカンとしたような間《ま》のあと、「どしたの急に？」って不思議そうに訊き返されてしまう。

「すみません……」

あまりの情けなさに、うちわで顔を隠《かく》して小さくなる。

萌夏さんは小首を傾《かし》げ、「特にいないけど」って軽く答えた。

休憩中の萌夏さんを楽屋に残し、Ｅバーガーの制服に着替《きが》えて私はお店に出た。

萌夏さんには変な質問をしちゃうし、情けない気持ちでいっぱいだったけど、気持ちを切《き》り替《か》えよう。

心の中で、パチンとスイッチを入れる。

いつもは下ろしている肩に届く髪は二つに結び、頭には音符《おんぷ》の刺繍《ししゅう》があるバイザー。

ダークグレーの半袖シャツに、黒のパンツ。

シャツの胸ポケットには、『守崎《もりさき》』って名前のシールと、できるようになった仕事の証《あかし》である動物のシールが貼ってある名札。

今の私は、Ｅバーガーの店員。

中学生の頃、自分を変えたかった私は演劇に憧《あこが》れていて、演劇部のある新宿幕張《にいじゅくまくはり》高校を受験した。けど受験には失敗、演劇部のない作草部高校に通うことになったのだ。

やりたかった演劇もできないしって、うじうじしているうちに高校デビューに失敗した。けどアルバイトを始めて、演劇じゃなくても自分を変えることはできるんじゃないかって気がついた。

だから働くときはいつも、違う自分を演じるつもりで心の中でスイッチを切り替える。

よし、と気合いを入れ、ウォークイン冷蔵庫や資材棚《しざいだな》のあるエリアを抜け、キッチンエリアに出た。パティを焼く鉄板や、焼いたパティをストックしておく棚、パンを焼くトースターなどが左右の壁にずらりと並ぶ、お店の厨房《ちゅうぼう》。

この時間、キッチンを一人で回しているのは諏訪《すわ》店長だった。三十代半ばくらいのEバーガーの男性社員。店長がキッチンにいるのは珍《めずら》しい。萌夏さんが言っていたとおり、本当に人が足りなかったのかも。

「おはようございます」

挨拶すると、諏訪店長はにっこりした。

「おはようございます、守崎さん」

頼《たよ》りないって一部では評判だけど、おっとりした雰囲気の店長は人もいいし、私の話も丁寧《ていねい》に聞いてくれて嫌《きら》いじゃない。諏訪店長じゃなかったら、私はきっとこのお店で働いてなかったし。

私はそのままキッチンを通り抜け、カウンターエリアに出た。

客席に面して弧《こ》を描《えが》くカウンターには、POSマシンと呼ばれるタッチパネル式のレジマシンが置いてある。壁際《かべぎわ》には、コーラなどのドリンクマシンや、コーヒーマシン、シェイクマシン。そしてキッチンとカウンターエリアの境には、揚がったポテトをパッキングするスペース。

「優芽ちゃん、おはよう」

店長よりもうちの店で長く働いているという店の主《ぬし》、主婦でリーダーの青江《あおえ》さんに挨拶された。焦《こ》げ茶色《ちゃいろ》のショートヘア、赤い口紅の唇《くちびる》が今日も明るい笑顔を作る。

なお、青江さんのポジションであるリーダーというのは、発注やクレーム処理など、社員と同等の仕事もできるアルバイトの人のことだ。黒いベストの制服が目印。

そんな青江さんには高校生の息子《むすこ》さんがいて、普段《ふだん》は平日、息子さんが学校に行っている間に働いている。

「おはようございます」

挨拶を返してPOSマシンに出勤時間を入力していると、店の入口の自動扉《じどうとびら》が開いてお客さんを迎《むか》えたときに流れる、ポロロロン、という音が聞こえた。

アルバイトを始めたばかりの頃は、この音が怖《こわ》くてしょうがなかった。

でも、今の私なら大丈夫。

小さく息を吸って、私は新しいお客さんを迎える。

「いらっしゃいませ、こんにちは！」


平日の放課後、私のシフトは午後四時からが基本。ドリンクやポテト、スイーツが多く出るカフェタイムとなり、ランチタイムみたいな慌ただしさがない分、プレイヤーの人数も少なめなので一人でこなす仕事自体はそこそこ多い。

接客をして、ゴミ箱のチェックと片づけをして、掃除《そうじ》をして、資材の補充《ほじゅう》をして、接客をして、と休む暇《ひま》なく働いていると、もやもやしている余裕《よゆう》もない。今みたいなときは、悩む暇もないっていうのはいいことだ。

お客さんが途切《とぎ》れたタイミングで、私は箒《ほうき》とチリトリを手に店の外に出た。店の自動扉が開いたり閉じたりし、冷房《れいぼう》で冷えた空気と外の蒸した空気が入り混じる。

目につくゴミを掃《は》き終《お》え、綺麗《きれい》になった、と満足したときだった。

こちらに向けられる視線に気がついた。

この店のある雑居ビルの入口の陰に半身を隠し、こっちを見ているのは涼《すず》しげな水色の襟《えり》をしたセーラー服の、中学生くらいの女の子。耳の後ろにお団子を二つ作っていてかわいらしい。

ああいうのって、お団子ツインっていうんだっけ……。

そんなかわいらしい見た目の反面、ぱっちりした目は細められ、まるで睨《にら》むかのよう。

関わると面倒そうだし、普段の私だったら気づかなかったことにしてやり過ごすところだけど。

今の私は、Ｅバーガーの店員。

お店に何かあるのなら、声をかけないわけにはいかない。

「あの……どうかなさいましたか？」

私が声をかけると女の子は一歩前に出、意を決したように顔を上げて訊いてきた。

「店長さんはいますか？」

「店長はいますけど……どちらさまでしょうか？」

女の子はその唇をぐっと噛《か》み、両手に拳《こぶし》を作ってさらに前に出る。

「私、源拓真《たくま》の妹です。兄のバイトを辞《や》めさせたいんです！」

♪♪♪

源くんの妹は、源歌音《かのん》と名乗った。中学二年生で、私立中学に通っているのだという。

「今日は、お時間を作っていただきありがとうございました！」

歌音ちゃんはまじめな顔で、向かいに座った私に深々と頭を下げた。

「いやその、そんな、かしこまらず……」

私も慌ててペコペコと頭を下げ返す。

……早まったかもしれない。

昨日、「兄のバイトを辞めさせたいんです！」などと言った歌音ちゃんと、私は連絡先《れんらくさき》を交換《こうかん》した。そしてアルバイトも文化祭の準備もなかった今日、千葉駅近くのファミレスで待ち合わせて話を聞く、ということになったのだけど。

「兄と同じ高校で、しかも仲のいい人に相談できて心強いです！」

目をキラキラさせる歌音ちゃんの姿に、いたいけな中学生を騙《だま》してしまった罪悪感で胸が痛い。

店に現れた歌音ちゃんは何かに追《お》い詰《つ》められたような顔をしていて、源くんのいないところで店長に会わせるのはなんだかまずい気がした。という理由に加え、これは源くんのことを知るチャンスなのではって打算も、ちょびっとあったのは否《いな》めない。

かくしてお兄ちゃんと同じ学校に通っていて仲よくしている、と盛った自己紹介《じこしょうかい》をしてしまい、今に至るのだった。

気まずく緊張した空気の中、私たちはそれぞれドリンクバーでアイスティーとオレンジジュースをグラスに注ぎ、ちまちまと飲む。

少しして、歌音ちゃんがようやく話を切り出した。

「うちの兄、高校に入ってからバイトばっかりなんです」

一学期のことは私にはわからないが、少なくとも夏休み中、源くんはそれなりにシフトに入っていた、けど。

「源くん、勉強はちゃんとしてるよね……？」

中間テストや期末テストで、源くんはほとんどの科目で学年で十位以内に入っていた。成績がいいのは明白だ。

「勉強とバイト、両立できてるなら問題なく思えるんだけど」

すると、歌音ちゃんの目が細められた。

「守崎さん、本当に兄と仲いいんですか？」

ごめんなさい盛りましたすみません、と心の中ですぐさま謝ったけど、歌音ちゃんは「あ、そうか」と何かに気づいた顔になる。

「中学時代のこと知らなかったら、わかりませんよね。うちの兄、中学ではサッカー部だったんです」

その話には興味津々《きょうみしんしん》で、ちょっと身を乗り出した。

「源くん、サッカーやってたの？」

私が知っている源くんは、Ｅバーガーで無駄《むだ》なくテキパキ働いている姿がほとんど。学校のグラウンドでボールを追いかけてる姿はいまいち想像できない。見られるものなら見たかった。

「高校でサッカーやめちゃったってことか……」

「そう、そうなんです！」

今度は歌音ちゃんがテーブルに両手をついて身を乗り出す。

勉強とアルバイトの両立ではなく、こっちが問題っぽい。

「サッカー、やめてほしくなかったんです。でも私のせいで……」

「歌音ちゃんが『やめろ』とか言ったの？」

「そうじゃないんですけど」

歌音ちゃんは、隣の席に置いていた何かのケースを私に見せた。

ひょうたんを平たく伸《の》ばしたような形の、学生鞄《がくせいかばん》と同じくらいのサイズの黒いケース。

実は、待《ま》ち合《あ》わせ時《じ》に見てからずっと気になってた。

「これ、ヴァイオリンなんです」

やっぱり。楽器のケースかなって予想は当たった。

何かと音楽にまつわるモチーフの多いEバーガーには動物のマスコットキャラクターがあり、キャラごとに得意な楽器の設定がある。ウサギのアリサがまさにヴァイオリン弾《ひ》きで、似たような形のケースを持っているイラストがあるのだ。

「習ってるの？」

「そうです。その……私、音大に行きたくて」

さすが源くんの妹。中学二年生にしてちゃんと将来のことを見据《みす》えてて、目先の学校生活を生き抜くだけでもひと苦労な私とはなんたる差。

「それでその、音大って、お金かかるじゃないですか。だからお兄ちゃん、家のお金のこと考えてサッカーもやめて、お小遣《こづか》いも自分で稼《かせ》ぐってバイト始めたみたいで……」

さっきまで虚勢《きょせい》をはるように「兄」という呼称《こしょう》を使っていた歌音ちゃんなのに、最後は中二らしい素を見せるような声音《こわね》になって、萎《しぼ》むように小さくなってしまった。

とりあえず、事情は見えてきた。

歌音ちゃんは小さな声で言葉を続ける。

「お父さんもお母さんも、お金の心配はしなくていいって言ってるのに。貯金もあるからって」

よその家のお金の事情には口を出せない。けどひとまず、歌音ちゃんの言うとおりだという前提で言葉を返した。

「それなら、お兄ちゃんに直接そう話してみたら？」

「何度も話しました！　でも、『余計なこと気にするな』って言うだけで……」

歌音ちゃんはその顔を赤くしてボソッと呟いた。

「血がつながってないからかも」

思いがけない言葉に息を呑《の》んだ私に気づき、歌音ちゃんは訊いてくる。

「聞いてませんか？」

「はい、スミマセン……」

「まぁ、守崎さん、兄の昔のことは知らないみたいですけど」

私が源くんと個人的な話をするほど仲よくないって、歌音ちゃんにはもうバレてるのかもしれない。

「五年前に両親が再婚《さいこん》して、それで兄妹《きょうだい》になったんです」

「そうなんだ……」

五年前ってことは、源くんが小学五年生くらいのことか。

急に家族が、兄妹が増えるのってどんな感じなんだろう。私は一人っ子だし、まったく想像できない。

そして、そこにも私には縁《えん》のなかった〝家庭の事情〟みたいなものが感じられ、また我《わ》が身《み》の平凡っぷりを思い知る。

歌音ちゃんは姿勢を正し、グラスに残っていたオレンジジュースを飲み干した。

「そういうことなんで、お願いします」

「え、何を？」

「何をって……守崎さん、兄と仲いいんですよね？　守崎さんからも、兄にバイトを辞めるよう、ぜひ言ってください！」


♪♪♪


週が明けた月曜日。アルバイトがなかったその日の放課後、私は深田さんと一緒に学校を出て電車に乗って、二人で千葉駅で降りた。

高校に入学してから学校でろくに友だちを作れなかった私なので、放課後に二人で寄り道してるってシチュエーションだけで嬉しくてたまらない。

「買いものはちゃちゃっと終わらせて、時間があったらカフェ行かない？　実は行ってみたいお店があるんだ」

おまけに深田さんがそんな提案をしてくれて、私は感動で内心ぷるぷるしまくっている。

「カフェとかその、いいの……？」

「あ、もちろん優芽ちゃんが用事とかなければだけど」

「わ、私はバイトがなければ暇なので！　――あ、門限までだけど」

あいかわらず、私の門限は午後七時。

でも、何度も頼《たの》んで話し合いをして、アルバイトがあるときに限り、十分だけ門限を延ばしてもらうことに成功した。それなら、午後六時半までシフトに入れるのだ。

駅舎を出て目当ての百円ショップへ向かいつつ、私は深田さんに訊いてみた。

「深田さんって兄弟いる？」

「兄弟？」

目を瞬《またた》かれ、急に不自然なこと訊いたかなって不安になったけど、深田さんは「弟が二人いるよ」って教えてくれる。

「小三と小四で、年中喧嘩《けんか》するし家の中ぐちゃぐちゃにするしでもう大変」

「それは大変そう……」

深田さんが優しくて面倒見がいいのは、そういう家族構成もあるのかもなーと一人で納得《なっとく》。なんでそんな質問をしたかっていうと、源くんの妹、歌音ちゃんのことを思い出したからにほかならない。

源くんにアルバイトを辞めろだなんて、言えるわけない。そんなことを言おうものなら、口もきいてもらえなくなりそうだし、何より私としては辞めてほしくないし……。

なのに、歌音ちゃんに「言えません」とも言えない私のヘタレっぷりといったらない。

千葉駅を出て徒歩数分、家電ショップの入ったビルの三階にある百円ショップに到着した。

私と深田さんはなんの理由もなく二人で学校帰りに寄り道しているわけではなく、文化祭の買い出しが目的だ。

うちのクラスの文化祭の出しものは女装・男装喫茶《きっさ》で、私と深田さんは小物を用意する係。

文芸部所属の深田さんは文化祭はただでさえ忙しそうなので、教室の前に貼ったりお客さんに見せたりするメニュー作りは私が引き受けた。

事前に用意していた買い出しリストを見つつ、あれこれ意見を出し合いながら品物を選ぶのは楽しい。最近は自分の平凡さを噛みしめてばかりの私だけど、高校生活においてはむしろその平凡さが恋《こい》しくなるくらいパッとしなかった。なので、今のこんな時間に、いちいち胸の内で密《ひそ》やかな感動を噛みしめてしまう。

「優芽ちゃん、メニューは手書きで作るの？」

「うん、パソコン苦手だし……。カラーペンは家にあるから、手書きで一枚作って、カラーコピーしようかなって」

「それなら、コピーしたメニューを厚紙に貼ったらいいかな？」

こうしてたっぷり一時間近く使って買いものを終えた。

次はいよいよカフェだ！　って胸を弾《はず》ませながら、下りエスカレータへ向かっていたときだった。

「——拓真くん！」

深田さんがパッと表情を明るくし、エスカレータで降りてくる誰かに——源くんに手をふった。

突然《とつぜん》現れた源くんに私の心臓はこれでもかってくらい跳《は》ね、たちまち熱くなった血が全身を巡《めぐ》る。

学校では話す機会もないし、バイトでもここ最近は会えてなかった。こんな偶然、ラッキーすぎる。

白い学生シャツ姿の源くんは深田さんの声に顔を上げ、その切れ長の目をわずかに見開いて私たちを見ると、エスカレータを降りてこっちにやって来た。

遠目に見てる分にはそんなに背が高いって感じがしないけど、向かい合って立つとその身長差が急に意識させられて胸がキュッとする。

「深田と守崎、もしかして同じクラス？」

突然自分の名前が出てきてドキッとした。

「そうです、同じクラスです……」

「優芽ちゃん、なんで敬語なの？」

「いやその……源くんには頭が上がらない、ので」

なんだか会うのも話すのも久しぶりすぎて、どういうテンションで接したらいいのかわからない。

「あ、二人は同じお店で働いてるんだっけ。拓真くん、優芽ちゃんのこといじめてるんでしょ？」

「いじめてねーよ」

お店の制服を着てるときは厳しいし無駄口も少ないけど、こんな風に制服姿で深田さんと話しているのを見ると、源くんも普通の高校生なんだなって実感する。

……普通の高校生なら、恋くらいするよね。

「文化祭の買い出しに来てたんだ。拓真くんは？」

「上の本屋で参考書買ってた。四組って出しもの何やんの？」

「喫茶店。二組はお化け屋敷《やしき》だっけ？」

「よく知ってんな」

はしゃいだような声で話しかける深田さんに、源くんはいつものように素っ気なく答える。

とはいえそこは相手が深田さんだからか、もちろん塩対応などではない。会話に交じれず、私は黙《だま》って二人を見た。

そういえば以前、深田さんが源くんと知り合いっぽいことをほのめかしていた。クラスは違えど、二人には何か接点があるらしい。

深田さんと軽く雑談をしたのち、源くんは「これからバイト」と一人で先に去っていった。

私は結局二人の会話に少し口を挟《はさ》んだだけで会話らしい会話をしたわけじゃなかったけど、それでも久しぶりに会えてしみじみする。

放課後に友だちと寄り道して、好きな男の子にも会えて。いい一日だ……。

なんてじんわり幸せに浸《ひた》ってから気がつく。

源くんが去っていったエスカレータの方を、深田さんがぽうっと見つめていた。

その表情には、さっきまでのはしゃいだような様子とはまた別のものが見て取れる。

「……深田さん？」

そっと声をかけると、深田さんはパッとこっちを向いてその頬《ほお》を赤くした。

「ごめん、ちょっとぼうっとしちゃってた」

「それは別に、いいんだけど……」

イヤな予感が漠然《ばくぜん》と胸に広がっていく。

深田さんは両手を自分の頬に当て、落ち着かない様子で私に訊いてくる。

「私、バレバレすぎるよね？」

源くんが現れた途端、深田さんのテンションが上がったことには気づいていた。

けどそんなことは口にできず、「何が？」と白々しく思いながらも訊き返す。

だって、そんなわけないし。

というか、そうであってほしくない——

「実は、拓真くんのこと、中学の頃からずっと好きなんだ」

……いい一日だって、思ったばかりなのに。

そうであってほしくない、なんて私の願いは無に帰した。

2. ご注文はお決まりでしょうか？

お客さんが途切《とぎ》れ、カウンターエリアでドリンクマシンの掃除《そうじ》をしていたら、一緒《いっしょ》に働いていた梨花《りか》さんにふいに顔を覗《のぞ》き込《こ》まれた。

「おっきなため息だねー」

まったく意識せずにため息をついていたらしい。

「そんなに大きかったですか？」

小柄《こがら》でかわいらしい雰囲気《ふんいき》の高田《たかだ》梨花さんは大学二年生。私より身長が低く、ぱっちりした目でこちらを見上げてくる。

「うん、すっごく」

なんだか恥《は》ずかしくなって頬《ほお》が熱くなった。

仕事に慣れてきたせいもあるのかもしれない。心の中でスイッチを切り替《か》えたつもりでも、掃除など黙々《もくもく》と手を動かす仕事をしていると、Eバーガーのプレイヤーモードからついつい素の状態に戻《もど》ってしまうことがある。

さっきもつい二日前のことが思い出され、集中が途切れてしまった。

あのあと深田《ふかだ》さんと駅近くのカフェに入り、放課後に友だちと楽しいティータイム——どころか、話の半分以上は質問《しつもん》攻《ぜ》めだった。

夏休みの登校日にそのことを知ってから、源《みなもと》くんが私と同じお店で働いてるっていうの、深田さんはずっと気になっていたらしい。

——拓真《たくま》くんって、バイトだとどんな感じ？

——あの雰囲気で接客もするの？

——バイトのみんなで遊びに出かけたりすることある？

恋《こい》バナができて楽しくてしょうがないって様子の深田さんに、「実は私も好き」だなんてカミングアウトはできなかった。

深田さんと源くんは出身中学は違《ちが》うものの学区が隣《となり》で、中学時代は塾《じゅく》で同じクラスだったのだという。

――サッカー部ってイメージだったから、高校で続けないの不思議だったんだよね。その口ぶりから、深田さんはサッカー部時代の源くんを知っているらしいことがわかって、うらやましさで息苦しいほどになった。

……源くんが萌夏《もか》さんのこと好きっぽいの、深田さんに教えた方がいいのかな。

などとチラと思ったものの、もちろんそんなことは話せなかった。それに、深田さんが相手なら、あの源くんもほだされるってこともあるかもしれない。

考えても答えなんて出せず、その日は深田さんの話に必死に相槌《あいづち》を打ち、愛想笑《あいそわら》いをするので精いっぱいだった。

「何かあったの?」

小首を傾《かし》げるように訊《き》いてくる梨花さんのポニーテールが揺《ゆ》れた。

いっそ誰《だれ》かに相談しちゃいたい気持ちはあれど、店の人に源くんのことは話しづらい。

「その……仲のいい友だちから、友だちと好きな人がかぶっちゃったって、相談されて」

いかにも作り話って感じに聞こえそうだったけど、梨花さんは特に気にせず「そうなんだ」って耳を傾けてくれた。

「優芽《ゆめ》ちゃんは、友だち二人の板挟《いたばさ》み状態ってこと?」

「まぁ……はい、そんな感じです」

ポロロロン、とお客さんがやって来る音がして話を中断した。私たちは「いらっしゃいませ、こんにちは！」と揃《そろ》って声をかける。

梨花さんが接客をし、入ったオーダーを見て私はドリンクとポテトの用意をする。タッチパネルのPOSマシンでオーダーを入力すると、キッチンとドリンクエリアにあるディスプレイにそれぞれ注文された商品名が表示される仕組みになっていて、お店は意外とハイテクだ。

キッチンの方から、「アップルパイ、五分のウェイトデス！」とガルシアさんの声が飛んでくる。

今日のこの時間は、キッチンはフィリピン人留学生のガルシアさん一人。アップルパイは少し前にストックがなくなったので、ちょうど新しく作っているところだった。

ガルシアさんの声を受け、梨花さんがすかさずお客さんに尋《たず》ねる。

「揚《あ》げたてのアップルパイをご用意するのに、お時間五分ほどかかりますがよろしいでしょうか？」

こうしてお客さんにはドリンクとポテトだけ先に出し、アップルパイは番号札を渡《わた》して席で待っててもらうことになった。

カウンターとキッチンの連携《れんけい》はとっても大事で、だからこそキッチンのことが何もわからないのがたまにもどかしくなる。カウンターとキッチン両方の仕事をこなせる萌夏さんや源くんは、やっぱり仕事がスムーズだ。

例えばアップルパイだったら、ストックケースはカウンターエリアからも見える位置にあるので、カウンターを担当しているプレイヤーが、お客さんの状況《じょうきょう》に応じて「ストック三でお願いします」とかキッチンに早めに指示を出せれば、お客さんを待たせることもなくなる。

私もカウンターの仕事はひととおり覚えたし、名札のシールも四枚になった。次にシールを増やすならキッチンの仕事だけど、二学期に入ってからは目の前の仕事をこなすので手いっぱい、あまりトレーニングの時間が取れてない。

誰かに相談してみようかな……。

アップルパイができ上がり、梨花さんがお客さんの席まで運んで戻ってきた。

梨花さんがアップルパイと交換《こうかん》してきた番号札をカウンター下のいつもの場所に戻すのを見つつ、カウンターの表面をクロスで拭《ふ》いていた私はふと疑問に思ったことを訊いてみる。

「梨花さんは、キッチンはやらないんですか？」

梨花さんはこの店でアルバイトを始めて二年ほどだって聞いていた。けど、キッチンの仕事をしているところは見たことがない。

「あー、やろうと思ったこともあるんだけど」

梨花さんは右手を伸《の》ばし、身長を測るような仕草で自分の頭の上で手のひらを動かした。

「私、身長百五十センチないでしょ。キッチンのマシン、踏《ふ》み台《だい》がないと手が届かないのがあるんだよね」

「え、そうなんですか？」

キッチンのマシンやストック棚《だな》、確かに少し高い位置のものもあるかも。

「忙《いそが》しいときに踏み台使ったりするの、邪魔《じゃま》になるし危ないでしょ。リーダーになるつもりはないし、それならカウンター極《きわ》めるのもいいかなって」

それから、梨花さんは自分の名札を指差した。そこには、接客マスターの証《あかし》であるリスのマイクのシールが貼《は》ってある。ちなみに、私が持っているのは接客ビギナーの証、リスのアンドレア（マイクの弟だ）のシール。

「接客マスターのさらに上、MCになろうと思って。うちの店、MCの人いないし」

「MCって、マスターなんとかっていう……」

「Master of Ceremonies《マスターオブセレモニーズ》。接客マスターのトレーニングのあと、専門の講習を受けたりすればなれるよ」

ここでアルバイトを始めてすぐの頃《ころ》、オリエンテーションDVDで教わった。

Master of Ceremonies、略してMCは、本来は演奏会などの司会者を意味する言葉だが、ここEバーガーでは接客のエキスパートを指す言葉として使われている。

みんなそれぞれ仕事のやり方とか目標とか、ちゃんと決めてるんだな。

「優芽ちゃんはキッチンやりたいの？」

「はい。一応、やれた方がいいかなって」

「次のシフト、修吾《しゅうご》さんと一緒だったでしょ？　トレーニングできないか訊いてみたら？」

梨花さんの口からさらっと出てきた「修吾さん」の名前に、ちょっとだけドキッとする。

大学三年生でリーダーでもある羽生《はぶ》修吾さんは、梨花さんの彼氏《かれし》。付き合って長いという二人は、この店の名物カップルなのだ。

頭が恋バナモードに戻ってきた私は、「あの……」と梨花さんに訊いてみる。

「前から気になってたんですけど」

「何？」

「梨花さんと修吾さん、付き合うきっかけはなんだったんですか？」

梨花さんはちょっと目をパチクリとさせ、それから小さく笑った。

「そんなこと気になってたの？」

「私その、あんまりそういう話に縁《えん》がないので、参考にぜひ！」

「きっかけっていっても……」

梨花さんはクロスを手にし、使用済みのトレーを拭きながら記憶《きおく》を辿《たど》るような顔になる。

「何度か二人で遊びに行ったりして、その流れで？」

「二人でって、付き合ってないのに？」

「付き合う前にデートするのって普通《ふつう》じゃない？」

カルチャーショックを受けた。

私が知らなかっただけで、それって普通なのか……。

これまでの人生十六年、片想《かたおも》いくらいしたことはあれど、付き合うどうこうなんて話にはさっぱり縁がない。少女漫画《しょうじょまんが》ならいざ知らず、現実世界でそういうことを具体的に意識したことなんてまったくなかった。

私なんて、萌夏さんや深田さんをライバルだと考えるのすらおこがましいレベルなのでは……。

またしても大きなため息をついちゃって、梨花さんには「まぁよくわかんないけど、がんばってね」と励《はげ》まされた。

Eバーガーのシフトは変動制で、二週間前に希望の勤務日時を専用アプリ経由で提出することになっている。そのため、勤務する曜日や時間は固定されておらず、日によってまちまちだ。

平日は午後六時半までの勤務が多い私だけど、今日は六時上がり。

六時半上がりのときは急いで着替《きが》えて千葉駅《ちばえき》まで早歩きで向かい、なんとか自宅の最寄り駅《もよえき》の都賀駅《つがえき》に午後七時に到着《とうちゃく》できるといった感じで忙《せわ》しないけど、六時上がりだとその点は気楽だ。

楽屋に戻り、さて着替えようと思っていたときだった。

店の裏口のドアが開く音がし、「おはよーございます」と誰かが楽屋に顔を出す。

隼人《はやと》さんだ。

アルバイトを始めた直後から私にも優《やさ》しく声をかけてくれていた、大学一年生のリーダーの中尾《なかお》隼人さん。

すらっとした細身の身体《からだ》に柔《やわ》らかそうな茶色がかった髪《かみ》、柔和《にゅうわ》な性格が窺《うかが》える整った顔立ちという爽《さわ》やかな見た目。何かと手厳しい源くんとは、纏《まと》う空気からいって対照的なキャラだ。

そしてそんな隼人さんは、大学では演劇サークルに所属している。高校時代から演劇に熱心に打ち込んでいて、人が変わったような迫真《はくしん》の演技には感動させられた。

といった感じで、優しいし爽やかだし演劇にも熱心だし、密《ひそ》かに憧《あこが》れていた一面もあった

――のだけど。

そんな隼人さんは、なぜからしくなく渋《しぶ》い顔をして左手で左頬を押《お》さえている。

「どうかしたんですか？」

もしや虫歯？　などと思っていたら、隼人さんは頬に当てていた手を外した。

頬が赤く腫《は》れている。

しかもそれは、漫画じゃあるまいしって言いたくなるような手の形に見える。

「ビンタ？」

思わず訊くと、隼人さんは小さく頷《うなず》いた。

「もしかして、手形が残ってる？」

「ばっちりです」

隼人さんは椅子《いす》に座《すわ》るなり両手で顔を覆《おお》ってしまった。ヘコんでるっぽい。

……あの顔で、これからお店に出るのはまずいよね。

腫れてるなら冷やせばよいのではと思いつき、私は楽屋を出てビニール袋《ぶくろ》に氷を入れて戻り、隼人さんに渡してあげた。

「ホントごめん。ありがとね」

隼人さんが氷でほっぺたを冷やす一方で、私は楽屋のすみ、パーティションで区切られたスペースでEバーガーの制服から学校の制服に着替えた。

着替え終え、脱《ぬ》いだEバーガーの制服をハンガーにかけながら「少しはマシになりました？」と訊くと、隼人さんは頬を氷で冷やしつつ、鏡で確認《かくにん》していた。

「熱は引いてきたかも」

ビンタなんて、したこともされたこともない。痕《あと》ってどれくらいで消えるものなんだろう。

好奇心《こうきしん》も相まってついまじまじと見てしまい、視線に気づかれた。

「彼女《かのじょ》に叩《たた》かれちゃって……」

だろうなと思ってた。

「喧嘩《けんか》でもしたんですか？」

「まぁ、そんなところ。ずっと連絡《れんらく》してなかったせいで揉《も》めちゃって」

ははっと軽く笑ってから、頬が痛むのか隼人さんは苦々し気な顔になって氷袋を当て直す。

爽やかな見た目でカッコいいし、面倒見《めんどうみ》もよくて優しいお兄さんみたいに思ってたし、演劇に対する姿勢とかすごいなって憧れてた部分もあったのに。

ちょっとがっかりさせられる噂《うわさ》を聞いたのは、八月も終わり頃のこと。

私はチラッと楽屋の壁《かべ》を見た。楽屋の壁には連絡事項《れんらくじこう》や新メニューの資料などがある掲示板《けいじばん》のほかに、この店で働くプレイヤーの顔写真も貼ってある。

この中に、隼人さんの元カノが何人かいるらしい。

店内の噂話に精通した青江《あおえ》さんいわく、隼人さんは「女グセが悪」くて、「付き合っても長く続かなくて、すぐに別れる」のだそう。

「彼女って、お店の人じゃなくて大学の人ですか？」

ついそんな風に訊くと、隼人さんはちょっと目を瞬《しばたた》いてから苦笑《くしょう》した。

「青江さん辺りから、なんか訊いた？」

自分の悪評が流れてるって自覚があるのかもしれない。私は素直《すなお》に頷いた。

「だよねー……。えっと、今の彼女は、大学の同じクラスの人です」

今の、って表現にモテる人間との差を感じた。今も昔も彼氏なんていたことない。

「待ち伏《まぶ》せして叩かなくてもいいのに」

楽屋の時計を見ると、まだ六時十五分。少しくらい話をしても門限には間に合いそうなので、私は隼人さんの向かいに座った。

「叩くのはダメですけど、待ち伏せしたのはずっと連絡してなかったからなんじゃないですか？」

「まぁそうなんだけど。次の公演の準備で忙しかったし、そんな余裕《よゆう》なくてさ」

演劇サークルがどれくらい忙しいものなのかはわからない、けど。

「好きなのにずっと会えなかったり連絡なかったりしたら、寂《さび》しい気がしますけど……」

ここ最近、源くんとあんまり会えていない私は日々切なくてしょうがない。

せめてなんでもないメッセのやり取りでもできればって思うけど、そんなスキルがあるくらいならこんなに悩《なや》んでない。

「付き合うときに、俺《おれ》忙しいからって言っておいたんだけどな」

でも、隼人さんは嘆息《たんそく》交《ま》じりにそんなことを口にする。

ので、つい咎《とが》めるような口調で訊いてしまった。

「その彼女さんのこと、本当に好きなんですか？」

色んな噂は耳にしていたけど、私自身は隼人さんのことを人間的にはいい人だと思っている。なのでここはぜひ、「好きだ」ってちゃんと宣言してほしいところだったのに。

「好きだって言われたから、付き合えると思ったんだけど」

私の質問とは微妙《びみょう》にズレたその答えで、がっくりすると同時になんだか色々納得《なっとく》できた。

この人、こういうところがダメな人なのか。

……もったいない。本当にもったいない。

私にはないものを、いっぱい持ってる人なのに。

残念にもほどがありすぎて、今度は私が両手で顔を覆った。

「え、なんで優芽ちゃんがそんな風になってんの？」

「私なんかが言うことじゃないので……」

「いいよ、なんでも言って言って！」

「もったいないなって」

本気でわからないといった顔で見返された。

「演技すごいのに、もったいないです」

隼人さんは氷袋を頬に当てたまま、不思議そうに訊いてくる。

「この間の舞台《ぶたい》、そんなによかった？」

先月、私は隼人さんの演劇サークルの舞台を観《み》に行った。私が隼人さんの演技を見たのはそのときが初めて——では、実はない。

中学時代に一度だけ、隼人さんの演技を観たことがある。

あのときの隼人さんの演技は圧倒的《あっとうてき》で、私が演劇に憧れるきっかけにもなった。だからこそ、隼人さんの顔をずっと覚えていたのだ。

結果的に、受験に失敗した私は演劇部に入りそびれ、演劇で自分を変える、という目標は、アルバイトで自分を変える、というものにすり替わったのだけれども。

先月観た舞台ももちろんよかった。でもそれじゃあ何も伝わらない気がして、「実は」と切り出す。

「私、二年前にも隼人さんの演技、観たことがあって」

「え、それどういうこと?」

氷袋もほっぽって身を乗り出す隼人さんに、隼人さんの母校である新宿幕張《にいじゅくまくはり》高校の演劇部の舞台を観たことがある、と説明した。

なお、それがきっかけでこの店に辿り着いてしまった、なんてことはさすがに言えないので、先月の舞台を観てそのことを思い出したっていうことにしておく。

「なのでその……演劇以外のことで評判を落とすのは、もったいない気がして。それに、好きじゃないのに付き合うのって意味あるんですか?」

「告白されると断れなくて」

「今までの彼女って、もしかしてみんな相手から告白してきた人なんですか?」

「そう」

私の想像できる範疇《はんちゅう》を超《こ》えたモテ具合だということだけは理解できた。

「それに、こっちも彼女がいるのも悪くないかなって思っちゃって」

「でも、すぐに別れちゃうんですよね?」

「確かに」

モテもしない私が余計なことを言ってるような気もしたけど、隼人さんはふむふむ頷いている。

「じゃあ、優芽ちゃんはどうすればいいと思う？」

そしてあろうことか、そんな私にアドバイスまで求めてきた。

「私のアドバイスなんて役に立ちませんよ」

「参考にするだけだから！」

「どうすればって言っても……隼人さんが演劇が好きなこと、わかってくれる彼女ならいいんじゃないですか？」

「ほかには？」

「ほか……？　あとはその、やっぱり隼人さんもちゃんと相手のこと、好きになった方がいいんじゃないでしょうか……？」

促《うなが》されるまま答えてみたものの、たちまち顔が熱くなって俯《うつむ》く。

恋愛偏差値《れんあいへんさち》ゼロのくせに、偉《えら》そうなことを言ってしまった……。

「――優芽ちゃん」

けど気を悪くした様子もなく隼人さんに名前を呼ばれ、顔を上げた。

「時間、大丈夫《だいじょうぶ》？　門限あるんだよね？」

隼人さんは楽屋の時計を指差してて、時計の針はもうすぐ午後六時半を指そうとしていた。私の門限や厳しいお母さんのことは、もうすっかりお店のみんなが承知済みだ。

「あ、ありがとうございます！　そろそろ帰ります」

席を立っていそいそと荷物をまとめ、それから氷が溶《と》け始《はじ》めた氷袋を両手の上でふゆふゆさせている隼人さんに向き直った。冷やしたおかげか、頰の赤みはだいぶ引いている。

「あの……なんか、余計なことといっぱい言っちゃってすみません」

ペコッと頭を下げると、隼人さんはなぜか慌《あわ》てたような顔になって立ち上がる。

「余計なことなんて言ってないし！」

それから、くたっとした氷袋を掲《かか》げた。

「色々ありがとう」

予想外にふんわり柔らかい笑《え》みを向けられ、不覚にもドキリとさせられる。

この王子さまスマイルにやられる女の子、多いんだろうなぁ……。

「じゃあぁの、お先に失礼します」

「帰り、気をつけてね」

笑顔で手をふる隼人さんに背を向け、私はそそくさとお店をあとにした。

九月になり、日が落ちる時間は日ごとに早くなっている。外に出ると街はもうすっかり夜の装《よそお》いで、いまだに慣れない繁華街《はんかがい》の空気の中を早歩きで千葉駅を目指した。

♪♪♪

その週の土曜日。ここ最近なんだか色んなことがあったけど、その日は朝から勇んで私は家を飛び出した。

事前にシフト表を何度も確認したので間違《まちが》いない。

今日のシフト、源くんとかぶってる。しかも、七時間の勤務時間のうち五時間も！

それに、ちょっと前にシフトがかぶったときに修吾さんに相談したら、今日のシフトでキッチンのトレーニングができるように組むって約束してくれた。新しい仕事ができるのも楽しみ。

午前十時に店に出ると、ちょうどモーニングメニューとランチメニューの切り替えタイミングだった。カウンターエリアの後ろ、上の方にある大きな液晶《えきしょう》パネルに映っていたホットケーキなどの写真が、パッパッパッとハンバーガーの写真に変わっていく。いつ見ても面白《おもしろ》い。

感心して見ていたら、「おはよう」って声をかけられた。客席のゴミをまとめてカウンターエリアに戻ってきたのは、修吾さんだ。

短髪《たんぱつ》に黒縁《くろぶち》メガネがトレードマークの修吾さんは、うちの店の男性陣《だんせいじん》の中でも頭一つ飛《と》び抜《ぬ》けて背が高く、スポーツでもやっているのか体格もいい。以前、梨花さんに絡《から》んだ酔《よ》っ払《ぱら》いを駅前の交番まで引きずっていったこともある。今も両手に持ったゴミ袋が小さく見えた。

「おはようございます」

「今日から新メニュー始まるからよろしくねー」

ちょっと前から楽屋の掲示板に貼ってあった新メニュー。予習はばっちり。

「梨《なし》シェイクですね」

「そうそう。積極的にサジェストしてね」

「サジェスト」っていうのは、商品をお客さんに積極的におすすめすることをいう。

サジェストには色んなやり方があって、例えば、お客さんがお店に来たときに、「いらっしゃいませ、こんにちは！　期間限定、梨シェイクはいかがでしょうか？」といった具合に商品の宣伝をする方法がある。これは定番の挨拶《あいさつ》とくっつけてできるので、一番簡単。

ほかには、カウンターでお客さんが注文に迷っているときに、「デザートにスイートポテトパイはいかがでしょう？」って提案する方法があって、これが何気に難しい。

お客さんによってはイヤそうな顔をされたり舌打ちされたりすることもあるので、言い方やタイミングにとても気を遣《つか》うし、いまだに苦手意識がある。

客席やカウンターエリアの掃除をしているうちに一時間経《た》ち、午前十一時前に「おはようございます」っていう声がカウンターの方から聞こえてきた。瞬時に声の主がわかった私は、たちまち落ち着きをなくして緩《ゆる》みそうになる唇《くちびる》を引き結ぶ。

POSマシンに出勤時間を入力しているのは源くんだ。

そして源くんと入れ違うように、開演の午前七時からずっとキッチンで働いていたガルシアさんがPOSマシンに退勤時間を入力した。

「おつかれさまネー」と去っていくガルシアさんから引《ひ》き継《つ》ぎ、源くんはエプロンをつけてキッチンに入り、ストックと資材の確認を始める。

すると、修吾さんが「拓真ー」とキッチンの方に声をかけた。

「十一時半まで、優芽ちゃんにキッチン教えてもらえる？　初めてだからグリルから」

心の中で万歳三唱《ばんざいさんしょう》し、両手を合わせて修吾さんを拝《おが》んだ。

一方、キッチンカウンターの下にある小さな冷蔵庫を見ていた源くんは私に目をやり、それから修吾さんに目を戻した。

「キッチン二人で大丈夫っすか？」

私がキッチンに行くと、カウンターは修吾さん一人になるのか。

昼のピークタイム前とはいえ、ぽちぽちお客さんが増え始める時間。確かに大丈夫なのかなと思ってたら、「問題ない」って修吾さんはあっさり答える。

「もうすぐ店長も来るから」

「わかりました」

というわけで、期待に胸躍らせながらカウンターエリアからキッチンエリアに移動した。

キッチンエリアには揚げものをするフライヤーやパティを焼くグリルなどがあり、冷房《れいぼう》はかかっているけどカウンターエリアより体感温度が上がる。

「奥《おく》にエプロンあるから着けてきて。あと手も洗い直し。アレグロで」

ぼうっとしてるとすぐに指示が飛んできて、「了解《りょうかい》です」ってすかさず返す。

ちなみに、「アレグロ」っていうのは音楽用語で「速く」って意味。Eバーガーでは「急いで」って言いたいときに使われる。

「それと、トレーニングノート見せて」

トレーニングノートっていうのは、プレイヤー全員に配られる手のひらサイズのノートのこと。基本的な仕事の項目《こうもく》がまとめられてて、プレイヤーの習熟度を測るチェックリストとしても使われる。

パラパラと私のトレーニングノートを見ている源くんを横目に、私は壁のフックにかけてあったエプロンを手に取った。黒い生地《きじ》の裾《すそ》には、バイザーと同じようなカラフルな音符《おんぷ》と、リスのマイクとアンドレアの刺繍《ししゅう》がなされている。腰巻《こしま》きエプロンで、青い腰紐《こしひも》を巻いて後ろでリボン結びにすると意外とかわいい。

それからシンクのそばにある洗い場で手を洗い直した。石けんとブラシを使い、爪《つめ》の間から肘《ひじ》までしっかり洗う。ペーパータオルで拭いて、最後に消毒用のジェルを両手になじませれば終わりだ。手の洗い方一つ取っても、もちろんマニュアルがある。

「お待たせしました」と源くんに声をかける。

「キッチン初めてだっけ」

「うん」

「守崎《もりさき》の最初のトレーニング、俺ばっかだな」

夏休みの間、シフトがかぶることが多かった源くんに、カウンター周りの仕事はほとんど教えてもらったのだ。

私に教えるの面倒なのかなって不安になったけど、源くんはその口元にわずかに笑みを浮《う》かべた。

「俺は同じこと何度も教えないからな」

その微笑《びしょう》に内心ドキドキしながらコクコク頷くと、源くんは私にトレーニングノートを返して早速《さっそく》説明を始めた。

ハンバーガーに挟《はさ》むお肉のことをパティという。牛肉だとミートパティ、豚肉《ぶたにく》だとポークパティ。一番シンプルなハンバーガーであるイーサンバーガーや、チーズバーガーに使われているのはミートパティだ。

そして、パティを焼く鉄板の名前はダブルサイドグリル。キッチンで一番大きなマシンがこれ。鉄板の表面にパティを並べ、ボタンを押すと鉄板の蓋《ふた》が自動で降りてきてしっかり両面を焼いてくれる。パティを焼くスペースは二ヵ所あり、それぞれミートパティとポークパティ専用になっている。

という説明を受け、早速ミートパティを焼いてみることになった。

源くんはストック棚にあるミートパティの残りを確認し、グリルのそばにあるミートストッカーと呼ばれる小さな冷蔵庫から凍《こお》ったミートパティを二枚取り出した。パティはすべて冷凍《れいとう》してあるのだ。

「とりあえず俺がやってみるから見てろ」

源くんはパティ二枚を片手で持つと、リズムよく鉄板の上にそれを落とした。二枚のパティは綺麗《きれい》に縦一列に並んでいる。

「で、このボタンを押せばＯＫ」

ブザーのような音が鳴ってグリルの蓋が閉まったので思わず拍手《はくしゅ》する。

「六十秒経ったらパティが焼けて蓋が開くから、そしたら回収する」

「すごい、これなら料理が苦手でもお肉焼けるね」

「料理苦手なの？」

その質問に顔を上げると、ちょっと身体を傾《かたむ》けたら触《ふ》れられそうなくらいの近さでドキリとした。

グリルに夢中で気づいてなかった……。

こちらを見下ろす源くんの視線にどうしようもなく鼓動《こどう》が速くなるのを感じつつ、「な、内緒《ないしょ》」と答えておく。

「そういう源くんは料理するの？」

「まぁ」

まさかの料理男子⁉　って驚《おどろ》いたところで、パラララッパーとファンファーレみたいな音が鳴ってグリルの蓋が開いた。もう六十秒経ったらしい。

「この音、Ｅバーガーのテレビ ＣＭで流れてるよね。クマのピーターがトランペットで鳴らしてるヤツ」

私の言葉に、源くんはたちまち呆《あき》れ顔《がお》になった。

「守崎って、そういうのばっかり覚えてんのな」

「そ、それだけじゃないし……」

知り合ってすぐの頃、源くんは基本的に素っ気なくて塩対応ばかり、余計な会話なんてほとんどしたことがなかった。

けど、今はこんな風に雑談も交えて話ができてる。

色々あったし、相談に乗ってもらったこともある。少しは仲よくなれたってことかな……？

気をはってないとほっぺたが緩む。こそばゆい気持ちを必死に隠《かく》しながらも距離《きょり》の近さを意識しつつ、グリルのパティに目を戻した。

教えてもらいながら、お好み焼きを作るときに使うのをもっと大きくしたような形のへら、スパチュラを使って焼けたパティを引き上げると、なんてことのない作業だろうけどちょっとした達成感。

「次は私が焼いてみてもいい？」

焼けたパティをストック棚にしまっている源くんに声をかけると、「当然」とすぐに返ってくる。

「なんのための手本だと思ってんだよ」

いざ自分でやってみると、キッチンの仕事には熟練のワザみたいなものが随所《ずいしょ》に必要だと感じた。

パティを焼くってだけの作業でも、鉄板に並べるときや引き上げるときに、ちょっとしたコツみたいなものが要《い》る。誰にでもできるようになってはいるけど、そういうものの細かな蓄積《ちくせき》が大事なのかもしれない。

私は焼けたパティを専用のトレーに載《の》せ、教えられたとおりにストック棚にしまって十五分タイマーをセットした。ミートパティは焼いてから十五分以内に使うのがルール。どの食材も、決められた時間を過ぎたら破棄《はき》しないといけない。

「キッチンって、覚えることたくさんあるんだね」

二ヵ月近く使ってきたトレーニングノートは、ページの角や端《はし》が切れたり折れたりしてきて、たくさん使い込んだ気になってた。でも、まだまだ序の口。まだ開いてもいなかったページがたくさん待ってる。

カウンターとキッチンの仕事、両方をあっという間に覚えてしまったという源くんは、やっぱりすごいし、まじめなんだなって実感した。学校の成績を鑑《かんが》みても頭がいいんだとは思うけど、まじめに一生懸命《いっしょうけんめい》働いてなかったら、こうは覚えられない気がする。

……歌音《かのん》ちゃんにも、こういう姿、見せたらいいんじゃないのかな。

アルバイトなんて絶対反対！　って感じだったうちのお母さんも、私が働いてるところを見たら考え直してくれたし。

歌音ちゃんからは何度か催促《さいそく》のメッセがあって、その度にごまかし続けてしまっていた。どうにかしようと思いつつも、よその家庭の話でもあるし、うまい言葉が見つからないまま。

パティを焼いたりストックしたり、焼いたあとのグリルを綺麗にしたりと、グリル周りの仕事を教えてもらうだけであっという間に三十分が過ぎてしまった。

キッチンマスターへの道は遠すぎる……。

次にトレーニングできるのはいつになるかわからないし、せめて今日教えてもらったことはしっかり覚えようと心に誓《ちか》ってエプロンを外した。源くんはさっさと自分の仕事に戻り、ランチタイムのピークに向けて準備を始めている。

ここ最近、話す機会はほとんどなかったし、これはチャンスかも。

私はエプロンの紐を整えながら、できる限りのさりげなさを装って源くんに訊いてみた。

「源くんは、なんでバイトしてるの？」

こっちを向いたその切れ長の目に少しドキリとする。

睨《にら》まれるかなって予想に反し、源くんはそうはせずに素っ気なく答える。

「自分の小遣《こづか》いくらい自分で稼《かせ》いだ方が気楽だから」

いつだったかの、萌夏さんの台詞《せりふ》が脳裏《のうり》に蘇《よみがえ》った。

——自分の小遣いは自分で稼がないとだし。

たちまち胸が苦しくなった。

なんで、萌夏さんと同じようなこと言うんだろう。

さっきまでの、楽しくてわくわくした気持ちはたちまち霧散《むさん》した。つい、訊くつもりじゃなかった言葉が口から漏《も》れてしまう。

「サッカーはもういいの？」

すると、今度こそ睨まれた。

「お前、誰に何聞いた？」

触れられたくない話題だったのかもしれない。

歌音ちゃん、とは答えられず、「深田さんに……」とごまかした。

源くんは私から視線を外し、「あっそ」と小さく応える。

「サッカー、別にガチじゃなかったから」

「そっか……」

これ以上の会話はあまりよくない気がして、私はエプロンを片づけるとカウンターエリアに戻った。

その日の晩、夕食の席でのこと。

「うまく揚げられた」ってお母さんが自画自賛した野菜のかき揚げをお皿に取り、天つゆと塩のどちらにつけようと迷っていたときだった。

お母さんが壁のカレンダーに目をやりながら、ふいに訊いてきた。

「優芽、もうすぐお給料日でしょ？」

かき揚げを天つゆにつけようとしていた手を止める。

あと数日で二十五日、お給料日である。

先月のお給料日のあとは、お母さんにアルバイトをしていることがバレたりなんだりで大変だったのを思い出す。今月も何かあるのかな……。

「お給料で買いたいものとか、そういうのあるの？」

内心大きく胸を撫《な》で下《お》ろした。何か問題があったわけじゃないらしい。

「特に決めてないけど……」

すると、斜向《はすむ》かいに座っていたお父さんも口を挟んできた。

「何か欲《ほ》しいとか、どこかに遊びに行きたいとか？」

考えるも、すぐには何も浮かばない。

欲しかった本は少し前にお母さんが買ってくれたし、最近やっとクラスになじめてきたかもってレベルなので、休日にどこかに遊びに行く予定なども、もちろんない。土日のどちらかにアルバイトの予定があるのがありがたいくらいだ。

この間みたいに、深田さんとちょっとカフェに行くくらいなら、もらってるお小遣いの範囲《はんい》内《ない》だし……。

「貯金?」

堅実的《けんじつてき》な答えを口にしたつもりだったのに、お父さんに「面白くないなー」とか言われてしまう。

お父さんの発言がゆるふわなのはいつものことだけど、ちょっとムッとしていたら、「無駄《むだ》遣《づか》いよりはいいけど」とお母さん。

「せっかくの機会だから、お金の使い方を考えるのも勉強になるかなと思って」

お金の使い方、という言葉に閃《ひらめ》いた。

「じゃあ、お小遣いはナシでいいっていうの、どう?」

高校生になってからの月々のお小遣いは五千円。アルバイト代は月に数万円になるし、ただでさえお金の使い道に乏《とぼ》しい私なら、お小遣いがなくなっても計算上は問題なくやってける。

だけど、いい案だって思ったのは私だけだったらしい。お母さんもお父さんも、揃って微妙な面持《おもも》ちになってしまった。

なんで？

お母さんは思案顔になってから、言葉を選ぶように話しだした。

「お小遣いとバイト代は、切《き》り離《はな》して考えたら？」

けど、これにはちょっと納得できない。

「どっちもお金なのに？」

そう訊き返してから、内心自分の変化に驚いた。

以前はお母さんの言うことに従ってばかりで、反論したり訊き返したりなんてほとんどできなかった。お母さんが言うことは正しいって、反論しても無駄だって思考停止してた。

でも今は、疑問に思ったことはそのままにしたくないし、自分で考えてちゃんと納得した上で答えを出したい。

夏休みにアルバイトをしてなかったら、こんな風にはなれなかった。そしてだからこそ、思ってしまう。

「バイト先の歳《とし》の近い人たちは、お小遣いは自分で稼いでるって」

萌夏さんや源くんがやってることなら、私だって。

箸《はし》を置いて、膝《ひざ》の上で両手に拳《こぶし》を作ってお母さんを見返した。そんな私に、お母さんは「例えば、」と口を開く。

「ケガしてバイトに入れなくなったり、成績が下がってバイトを辞《や》めたりすることになったら、そのときはどうするの？　それに今はいいけど、受験生になっても今みたいにアルバイトを続けるってつもりじゃないでしょうね？」

「それは……」

答えに窮《きゅう》した。

アルバイトができなくなったら、自然とお小遣い制が復活するものだと思っていた自分に気づかされてしまう。

……そんなのきっと、萌夏さんや源くんとは違う。

黙《だま》ってしまった私に、お母さんはため息で返した。

「よその事情はわからないけど、うちはうち、他人の真似《まね》してもしょうがないでしょ」

「でも……」

「もし何かの事情でアルバイトができなくなってお金のことで困った優芽が、変な事件に巻《ま》き込《こ》まれたりしたらイヤだなってお母さんは思うんだけど。お母さんたちを安心させるために、お小遣いはこのままにしておくのはどう？」

お父さんもお母さんの言葉に同意するように頷いた。

「優芽、もらえるものは、もらえるときにもらっておいた方がいいぞ」

「お父さんは黙っててちょうだい」

二人のやり取りを聞きつつ、心の中で白旗を掲《かか》げた。

今回は、絶対的にお母さんが正しい。

「わかった……」

ちょっとお金を稼げたからって調子に乗った、自分の甘《あま》さが恥ずかしい。

小さくなってしまった私に、お母さんとお父さんは黙って視線を交《か》わす。

「まぁ、お金のことはじっくり考えなさい。貯金しておいて、使いたいときに使えばいいし」

「うん」

これ以上この話題が続くのは気まずくて、私は置いていた箸に手を伸ばす。

お母さんもそんな私に気を遣ってくれたのか、「お茶でも淹《い》れようかしら」と席を立った。

そして一人、空気を読まないお父さんが、「優芽は無欲だなぁ」なんて呟《つぶや》く。

私はそれには応えず、お母さんはそんなお父さんの頭を軽くはたいた。


♪♪♪

お金のことでなんだかすっきりしないまま週が明けた。

その日の放課後、お店に行くとちょうどシフトが終わったところらしい、主婦の青江さんと楽屋で会った。

「おつかれさまです」

「優芽ちゃんこれから？」

「そうです」

夏休み中は青江さんとよくシフトがかぶっていたけど、二学期になってからは入れ違いばかり。青江さんのシフトは、高校生の息子《むすこ》さんが学校にいる時間帯、平日の午前中から夕方までが多いのだ。

青江さんはすでにEバーガーの制服から私服に着替え終えてた。年齢《ねんれい》はうちのお母さんと同じくらいだけど、その服は鮮《あざ》やかなマスタードイエローに黒のドット柄《がら》という派手なワンピース。やっぱりうちのお母さんとは色々と違う。

こんな青江さんならなんて答えるかなって好奇心で訊いてみた。

「お金の使い道を考えてるんですけど……」

欲しいものも使い道も思い浮かばない、なんて話をすると、青江さんはまっ赤な口紅を唇に塗《ぬ》りつつ答える。

「迷うくらいなら、ぱーっと遊んじゃえばいいのに」

その言葉に、青江さんが若い頃はイケイケだったらしい、という話を思い出した。

今は高校生の息子さんのことで頭がいっぱいだけど、昔は派手に遊んでいたとかで、ゲイバーのママの友だちがいたりもする。

「ぱーっと遊ぶって、何するんですか?」

「例えば——」

「青江さん、優芽ちゃんに悪い遊び教えるとかタチ悪いっすよ」

いつの間にか楽屋のドアが開いていて、呆れ顔で立っているのは私服姿の修吾さんだった。

そういえば、今日は修吾さんとIN時間が一緒なんだった。

「おはようございます」

「おはよう。優芽ちゃん、質問する相手は考えた方がいいよ」

「修吾ってば、人聞き悪すぎじゃない?」

「青江さんのことは尊敬してますけど、それとこれは別です」

修吾さんは黒縁メガネの奥でにっこりと笑う。こういうところが腹黒っぽい。

「修吾も昔はかわいかったのになー」

高校時代からこの店でアルバイトをしていたという修吾さんは、青江さんに次ぐ古株だ。なんだかんだで二人は仲がいいし、仕事中も互《たが》いを頼《たよ》りにしているのがわかる。

「優芽ちゃん、お金のことで悩んでるの？」

どこから話を聞いていたのかわからないけど、修吾さんに訊かれたので素直に頷いた。

「お給料をもらうなら、ちゃんと考えたらって親に言われて」

「へぇ。使い道がわからないならひとまず貯金でいいと思うけどね。でも、一度思い切って使ってみると、改めてありがたみがわかることもあるかも」

青江さんの意見を聞いたばかりなせいか修吾さんの意見はすごくまっとうに聞こえ、ここ最近で一番参考になった。

「修吾って、こういうところ面白くないよね」

青江さんはそんな風に評したけど、当の修吾さんは飄々《ひょうひょう》と応える。

「俺、こう見えて堅実なんで。それに、青江さんみたいなバブル世代とは金銭感覚違うんすよ」

「それ、私のことバブルババァだって言ってる？」

「そんなこと言ってませんけど、優芽ちゃんみたいなピュアガールそそのかしちゃダメですよ」

青江さんは漫画のキャラみたいにペロッと舌を出し、それから私に笑った。

「優芽ちゃん、『ピュアガール』だって！」

「ピュアとかそんなことないですし……」

無欲だのピュアだの、それって世間知らずだってオブラートに包んで言われてるだけの気がしてなんだかなって思う。

私だって心の中じゃ黒いことだって考えるし、イヤなことや面倒なことはあと回しにするのに。

歌音ちゃんのことは宙ぶらりん、仲よくしてくれる深田さんの気持ちだって知ってるのに、自分のことはまだ何も言えてない。

「他人の真似してもしょうがないでしょ」というお母さんの言葉が脳裏を過《よ》ぎる。

これまで私のいた世界は、知っていた世界は、とっても狭《せま》くて小さかった。

それがアルバイトを始めたおかげで、少しは前より視野が広くなって、色んな人がいて色んな価値観とか生き方があるんだって、実感としてわかるようになってきた。

でもやっぱり、私にはまだまだわからないことの方が多い。

だったら、人の真似をして学ぶのだってナシじゃないと思うのに……。

ＩＮ時間が近づいていた。もやもやしたまま、私はＥバーガーの制服を手にして着替えスペースに引っ込んだ。

すっきりしない気分のままカウンター周りの仕事をすること一時間。

午後五時過ぎに、思いもかけずカウンターエリアに源くんが現れて目を丸くした。

「源くん、今日シフト入ってたっけ？」

自分のシフトをチェックするとき、こっそり源くんのシフトもチェックするのが習慣になっていた。見落としがなければ、今日はシフトじゃなかったはず。

源くんはある大学生のプレイヤーの名前を挙げ、「代打」って答えた。

「風邪《かぜ》引いたからって」

「そうなんだ……」

源くんの登場に、現金な私の気持ちは少し上向いた。

タイミングが合えばまたキッチンのトレーニングできないかな、と思ったけど、人数的に今日は無理そうだ。源くんは一人でキッチンを任され、私はそのままカウンターの担当。修吾さんは発注の仕事をしつつ、店が混むようだったらカウンターに入ると言って奥に引っ込んだ。

平日の午後五時台、お客さんは制服姿の高校生グループが多く、店内はにぎやかだった。女子高生の笑い声をＢＧＭに仕事を続け、深田さんとおしゃべりしたことを思い出す。

働く源くんが見てみたいって、そういえば話してた。

サッカー部時代の源くんの姿を私が知らないように、Eバーガーで働く源くんの姿を深田さんは知らない。もし深田さんがお店に見に来たら、知らないことの天秤《てんびん》のバランスが悪くなる、などと勝手なことを考えてしまう。そもそも、深田さんは私の気持ちなんて知らないのに。

あの日の買い出し以来、学校で深田さんと二人で話す機会が増えた。嬉《うれ》しい反面、話題の半分が恋バナなので心苦しいことこの上ない。

どうにかせねばと思っていると、お客さんの入店を告げるポロロロン、という音が響《ひび》いた。気持ちを切り替え、すぐさま挨拶する。

「いらっしゃいませ、こんにちは！　秋限定のスイートポテトパイはいかがでしょうか？」

秋限定、とは言ってみたものの、九月下旬に入っても連日三十度近い気温があって夏の気配はまだ濃厚《のうこう》、気が早い感じがしてしまう。次はもっと言い方を変えてみよう。

来店したお客さんはスーツ姿の中年男性と、二十代くらいの若い女性だった。どういう関係なのかな、と一瞬《いっしゅん》考えるもすぐにやめる。この辺りには、私の知らない色んなお店がある。

二人がカウンターの前に立ったので、笑顔を作って迎《むか》えた。

「ご来場ありがとうございます。こちらでお召《め》し上《あ》がりでしょうか？」

「いーや、お持ち帰りで」

「ご注文はお決まりでしょうか？」

「お決まりじゃないですねー」

男性はご機嫌《きげん》な口調でそう答え、おもむろにスーツの内ポケットから長財布《ながざいふ》を取り出すと、一万円札を抜き出してカウンターに置いた。

「適当に、セット二つ選んでもらえる？」

にかっと笑ったおじさんと、メニューの上に置かれた一万円札を見比べた。

サジェストは積極的に、とは言われてたけど。

オーダー全部をサジェストするっていうのは、ちょっと無理なのでは。

「あの……どのようなメニューがよろしいでしょうか？」

「いいよいいよ、適当で。お嬢《じょう》さんの好きに選んでよ」

男性がへらっと笑うと、連れの女性が男性の腕《うで》を取って私を指差した。

「平井《ひらい》さん、レジのおねーさん困らせて楽しんでるでしょ？」

「そんなことないよー。それより……」

二人は私を無視して会話を始め、その内容は右から左に流れて私の頭に入ってこない。

私の目は、カウンターの上に置かれた一万円札に釘《くぎ》づけになっていた。

時給千円の私が十時間働いたら、このお札一枚分。

胸の内にあったもやもやが、音を立てて膨《ふく》らんでいく。

お金の使い方で、こんなに私が悩んでるのに――

「お嬢さん、選んでくれた？」と男性に急《せ》かされ、私は目の前の一万円札を指差して男性の顔を見返した。

「お金は大事に使ってください！」


――結論から言うと、中年男性と若い女性のお客さんは、とってもいい人たちだった。

勢いでバカなことを言った私を二人は笑って許してくれ、「そりゃそうだ！」と男性は自分の額をぺちっと叩いた。

それから自分で和風きのこハンバーガーのセットを二つ選び、私がおすすめしたスイートポテトパイをデザートにつけてもくれた。

そうして一万円札でお会計を済ませると、「大事に使わなきゃね」と受け取ったお釣《つ》りをすべて、レジの横にあった募金箱《ぼきんばこ》にねじ込んでしまったのだった。

何度も何度も頭を下げて、「ありがとうございます」とお礼を述べた。二人は「また来るねー」とひらひら手をふって店を去っていく。

結果オーライではあった、けど。

「――お前、何やってんだ？」

キッチンエリアからすべて見ていたらしい、源くんはすっかり呆れ顔だ。

「勢い余っちゃって……」

「どう勢い余ったら、客の金の使い方に口出しできるんだよ」

小さくなるしかない。これは怒《おこ》られても文句は言えない……。

と、反省していたのに。

予想外に、源くんは吹《ふ》き出《だ》した。

萌夏さんに向けた笑顔とはまったく違うものの、こんな風に源くんが愉快《ゆかい》そうに笑うのを見るのも初めて。

「修吾さんに報告しよ……」

笑いながらくるりとこっちに背を向けるので、慌てて引き留める。

「やめてよ！　トラブルにはならなかったんだし！」

「ヤだ。面白いから言う」

「修吾さんに言ったら梨花さんにも伝わって、きっと店中に伝わっちゃう！」

「いいネタ提供できてよかったな」

ツボに入ったのか源くんはまだクックッ笑ってて、こっちはもう顔から火が出そう。

キッチンの奥まで源くんを止めに行きたいのに、タイミング悪くポロロロンって音がして、新しいお客さんがやって来てしまった。

「い、いらっしゃいませ、こんにちは！」

動揺《どうよう》のあまり、心のスイッチを入れそびれた。

「お前、今度は客に説教すんなよ」

「しないし！」

やらかしちゃったし恥ずかしい、でも源くんにからかわれるのはちょっと嬉しい。

なんて色んな感情で内心悶絶《もんぜつ》しつつ、気持ちをリセットするために心の中でスイッチを何度もパチパチ入れながら、辛《かろ》うじて作った接客用の笑顔で新しいお客さんを迎えた。

たったの二時間半の勤務でどっと疲《つか》れたその日の帰り。

スマホを見ると、お母さんからメッセが届いていた。

『今日は十九回目の結婚記念日《けっこんきねんび》です。夕飯はごちそうなので、お腹《なか》を空《す》かせて帰ってくるように！』

誕生日でもないし私はつい忘れがちだけど、お母さんは毎年、結婚記念日は仕事を早退して腕によりをかけて料理を作る。なんだかんだで、うちの両親は仲がいい。

早歩きで夜の繁華街を抜《ぬ》けて千葉駅前のロータリーに到着し、ふと思い立った私は駅ビルに入って花屋さんに寄った。じっくり選ぶ時間はなかったけど、すぐによさそうなものを見つける。

プリザーブド・フラワーのボックス。

お母さんが好きそうなミントグリーンの花が詰《つ》まった四角いボックスを選び、そそくさと会計を済ませてギフト用のバッグに入れてもらう。私のアルバイト、五時間分のプレゼント。

こういうお金の使い方なら、悪くないのでは。

スマホで時間を確認すると、いつも乗ってる成田線《なりたせん》の成田空港行き快速電車の発車まであと五分。買ったばかりのプレゼントをしっかり抱《かか》え、緩みそうになる頬に力を入れつつ、改札階につながるエスカレータへと急いで向かった。

3．勤務時間中なのでご遠慮《えんりょ》いただけますか？

お給料日を迎《むか》えた九月も末。

平日の放課後、いつものように午後四時にシフトに入った私が、その日最初に接客した中年女性のお客さんは、開口一番にこんなオーダーをした。

「チーズバーガーのチーズ抜《ぬ》き一つね」

Eバーガーのハンバーガーは、指定があれば特定の具材を抜いて作ることができる。ピクルスやマスタードを抜いてほしいって注文は多く日常茶飯事《にちじょうさはんじ》。

けど、チーズバーガーのチーズ抜きは初めて。というか……。

「チーズバーガーのチーズ抜きでしたら、こちらのイーサンバーガーと具材が同じなので、イーサンバーガーを注文された方がお安くなりますよ」

私がメニューを指差すと、お客さんはこれでもかって目を丸くした。

「そうなの？　チーズバーガーとイーサンバーガーって、使ってるお肉、違《ちが》うんじゃないの？　チーズバーガーのお肉の方がおいしいって聞いてたんだけど」

「使ってるお肉は一緒《いっしょ》です」

どちらもパンに挟《はさ》んでいるのは同じミートパティ。この間、焼き方を教えてもらったばかりだ。

「えー、知らなかった。前に行ったお店は教えてくれなかったよ」

ということは、別のEバーガーのお店でも、チーズバーガーのチーズ抜きを注文したことがあるのか……。

お客さんは「教えてくれてありがと！」と満足げにイーサンバーガーを注文してテイクアウトした。

「またのご来場お待ちしています！」と去っていく後ろ姿を見送り、心の中で拳《こぶし》を握《にぎ》る。

ちゃんと説明できたの、キッチンのトレーニングしたからだよね。

夏休みの頃《ころ》のようにトレーニングにまとまった時間はなかなか取れなかったけど、隙《すき》を見て少しずつではあるけどキッチンのことも教えてもらうようにしていた。

ハンバーガーの具材は、大きく分けて焼く（グリル）、蒸《む》す（スチーム）、揚《あ》げる（フライ）の三種類の調理方法があって、グリルについては基本的な作業はできるようになったと思う。今回はそれが接客にも活《い》きた。

勉強でも、ある分野で覚えた公式が別の分野でも使えるってことはよくある。覚えたことが別のシーンでも使えるのって、お得感があるというか、応用できたって感じがして嬉《うれ》しい。

グリルマスターのシールももうすぐもらえるかな。

この調子でがんばろうと、カウンターの仕事に勤《いそ》しむこと一時間。

「おはよーございます」って明るく顔を出したのは隼人《はやと》さんだった。隼人さんは平日は萌夏《もか》さんと同様、夜のシフトが多い。この時間に一緒になるのは久しぶりだ。

「おはようございます」

ついそのほっぺたをまじまじ見ちゃって苦笑《くしょう》された。

「さすがにもう腫《は》れてないよ」

「ですよね」

なんて会話を交《か》わした直後、隼人さんから一歩遅《おく》れて、キッチンの方からEバーガーの制服に身を包んだ高校生くらいの女の子が顔を出した。化粧《けしょう》っ気《け》のない一重《ひとえ》まぶたの顔に、ヘアピンで留めたボブヘア。

「こちら、今日が初ＩＮの小田切晴香《おだぎりはるか》さん」

隼人さんに紹介《しょうかい》され、晴香さんは緊張《きんちょう》した面持《おもも》ちで私に小さく会釈《えしゃく》した。ので、私も姿勢を正してペコッとそれに返し、「守崎優芽《もりさきゆめ》です」と自己紹介。

こちらにまでその緊張が伝わってくるようでドキドキしてしまう。新人バイトさんだ。

「晴香ちゃんは高二だっけ？」

隼人さんは、プレイヤー同士は積極的に名前で呼び合うという店の慣習に早速《さっそく》従っている。晴香さんは落ち着かない様子で、それに頷《うなず》いて返す。

「じゃ、優芽ちゃんの一つ上だね」

「よろしくお願いします」と晴香さんとペコペコ頭を下げ合った。

晴香さんは、隼人さんにＰＯＳマシンでの出勤時間の入力方法や、基本的な挨拶《あいさつ》について教わっていた。それを横目で見つつ、私はトレーを拭《ふ》いたり掃除《そうじ》したりと、自分の仕事をこなしていく。

ずっと新入りのつもりだったけど、アルバイトは常に募集《ぼしゅう》している。こうやって新しい人が増えて、店の顔ぶれは少しずつ変わっていくんだろう。

客席の掃除などを終わらせてカウンターエリアに戻《もど》ると、隼人さんに手招きされた。

「優芽ちゃん、ドリンク周りのトレーニング、任せてもいいかな？　もうすぐガルシアさんがアップだから、俺《おれ》キッチンの方にいないとで」

ギョッとして晴香さんの方を見て、隼人さんにすぐに目を戻した。

「私がですか？」

「優芽ちゃん、ドリンクはもうばっちりでしょ？」

確かに、名札にはドリンクマスターの証《あかし》、ウサギのアリサのシールが貼《は》ってある。

けど、源《みなもと》くんならともかく、私みたいなペーペーがトレーニングとか不安しかない。人員配置的にそうするしかないんだろうけど。

「あの……ふ、ふつつか者ですがよろしくお願いします」

緊張気味に挨拶した私を隼人さんは小さく笑い、一方の晴香さんはというとピクリとも表情を変えずで内心ハラハラしつつ、私は晴香さんの真新しいトレーニングノートを受け取った。

源くんにトレーニングしてもらったときのことを思い出す。

まずは、お店にあるドリンクメニューの説明。

それから、オーダーが表示されるディスプレイの見方と、簡単なドリンクの作り方……。

晴香さんはノートにメモを取りつつ私の説明を聞いてくれてるけど、説明が拙《つたな》すぎて申し訳なくなってくる。

おまけにトレーニングだけしているわけにもいかず、お客さんが来ればもちろんそっちが優先。度々《たびたび》説明を中断することになって待たせてしまい、気づけば私の方が気持ちに余裕《よゆう》がなくなってきた。

人に教えるって難しい……。

ほんの二ヵ月だけど、お店では私の方が先輩《せんぱい》だ。とはいえ、自分がいかに先輩というポジションに向いていないかを思い知る。

三十分ほどそんな状態が続き、午後六時からはキッチンのできる別のプレイヤーが現れて、トレーニングは隼人さんにバトンタッチした。

人に教えるのは勉強になるとはまさにこのこと。もっと精進《しょうじん》せねばと気持ちを新たにし、その日のシフトを終えた。

♪♪♪

一学期は時間が流れるのが遅《おそ》くてしんどかった記憶《きおく》ばかりなのに、毎日忙《いそが》しくしていると気がつけば九月の最終日になっていた。

その日、学校では来月初旬に控《ひか》えた中間テストの範囲《はんい》一覧が配られた。

めんどくさい、なんてあからさまに口にする生徒も少なくなかったけど、そこは一応進学校。みんなそれなりにテスト勉強はやってくるはずだ。

かくいう私も、アルバイトを続ける代わりに成績は維持《いじ》するとお母さんと約束したので気が抜けない。英国数の主要三科目で、学年で五十位内に入るという約束だ。

帰りのホームルームが終わり、荷物をまとめていると「優芽ちゃん」と深田《ふかだ》さんに声をかけられた。その手には開いた手帳がある。

「来週、ちーちゃんと勉強会やろうって話してるんだ。優芽ちゃんも来ない？」

思わぬお誘《さそ》いに、心の尻尾《しっぽ》がパタパタする。

ちーちゃんこと千里《ちさと》さんは深田さんと同中《おなちゅう》で、クラスの文化祭実行委員。文化祭の準備のおかげで、最近では私もわりと話せるようになったクラスメイトの一人だ。

「私が交ざってもいいの……？」

「もちろん。あとはヒヨリちゃんも誘う予定で――」

クラスメイトとも、一学期の頃に比べたらだいぶ打ち解けてきた。それもこれも深田さんの存在が大きくて、だからこそ一方で後ろめたい。

私も源くんが好きだって、いまだに言えてない。

おまけに、一時は恋《こい》バナをするのを楽しんでいた様子の深田さんも、私の反応が薄《うす》いからか、最近はあまりその話題に触《ふ》れなくなった。しまいには「一方的にこんな話してごめんね」なんて謝《あやま》られちゃって埋《う》まりたくなる。

本当は、私だって深田さんと恋バナがしたい。

アルバイトでこんなことがあって、とか、こんな話をした、とかキャーキャー言いながら話したい。

恋バナほど、女子の友情を強固なものにしてくれるものもないのに。

今の私は、その話題に触れられない。

いまいちだった高校デビューを返上して、人並みでいいから友だちがいてアウェイじゃない、普通《ふつう》の高校生活を送りたいだけなのに。

どうしてこんなに、うまくいかない。


深田さんと勉強会の約束をし、教室で別れてEバーガー京成千葉中央駅前店《けいせいちばちゅうおうえきまえてん》へ向かった。

裏口のインターフォンを押《お》すとキッチンにいたガルシアさんがドアを開けてくれ、さも秘密を打ち明けるかのような顔でこんなことを教えてくれる。

「楽屋に、スリーピングビューティがいるヨ」

「スリーピングビューティ？」

ガルシアさんはクスクス笑いながらキッチンへ戻ってしまい、なんのことだろうと不思議に思いつつ楽屋のドアを押し開けた。電気が消えていて中は暗く、手探《てさぐ》りで壁《かべ》のスイッチを押す。

誰《だれ》もいない。

と思った直後、ふがっと大きないびきが聞こえてきてビクついた。

楽屋のテーブルの向こうをそっと覗《のぞ》くと、並べた椅子《いす》の上で身体《からだ》を横にしている諏訪《すわ》店長がいた。Eバーガーの制服姿で、目元を隠《かく》すように顔の上半分に白いタオルをかけている。

スリーピングは合ってるけど、ビューティではないような……。

ぐっすり眠《ねむ》っているようで、私が入ってきた物音にもまったく気づいていない。起こすのも悪いし、物音を極力立てないようにEバーガーの制服に着替《きが》え、IN時間には少し早かったけどそそくさと楽屋を出た。

資材棚《しざいだな》などのあるエリアを抜けると、大きなシンクでガルシアさんがキッチンで使うトレーやトングなどを洗っていた。

「ガルシアさん、ビューティはいませんでしたよ」

話しかけると、ガルシアさんは愉快《ゆかい》そうに笑う。

「店長サン、昨日の終演作業と今日の開演作業、両方やったってヨ」

「そうなんですか？」

「ランチタイムのあと、バタンキューネ」

　ということは、昨日は家に帰ってないのかも。

　青江《あおえ》さんから人手不足だという話は聞いていた。晴香さんのように新しい人の採用も進めているそうだけど、修吾《しゅうご》さんをはじめとする大学三年生はこれから就活が本番、シフトに入れる日が少なくなるのだという。

　それに、私も来週の中間テスト前の一週間はお休みをもらう予定だ。高校生も大学生もテスト前はシフトを減らすのが普通だから気にしなくていい、とは諏訪店長にも言われたけど、申し訳ない気持ちはやっぱりある。

　ＩＮ時間までまだ五分以上あるなぁと思っていたら、裏口のドアが開いた。

「あ、優芽ちゃん」

　隼人さんだ。

　ちなみに、リーダーはお店の合鍵《あいかぎ》を持っているので、インターフォンを押さなくてもドアを開けられる。

　隼人さんは私とガルシアさんの姿を認めると、「おはよーございます」とあいかわらずの爽《さわ》やかな笑顔《えがお》を浮《う》かべた。

そういえば、今日は隼人さんも四時からＩＮだったっけ。前は夜のシフトが多い印象だったのに、最近は隼人さんのＩＮ時間が早めなのでシフトがよくかぶる。これも人手不足の影響《えいきょう》なのかな。

そのまま楽屋に行こうとする隼人さんに、ようやく洗いものを終えたガルシアさんが声をかける。

「スリーピングビューティが待ってるヨ！」


こうして午後四時、今日の仕事が始まった。

いつものとおり、ＰＯＳマシンに出勤時間を入力したら、掃除用のクロスを持って客席を一周。テーブルや椅子を拭いて整頓《せいとん》したあとは、ゴミ箱がいっぱいになってないか、トイレが汚《よご》れていないかのチェック。ゴミ箱の上にあるトレー置き場から使用済みのトレーを回収し、カウンターに戻って一枚ずつ拭いていく。

明日から十月。気がつけば店内の冷房《れいぼう》も弱くなり、じとっとした夏の空気は感じられなくなって、秋の気配が強くなっている。

夏休みは一気に視界が開けて毎日が非日常でドキドキの連続だったのに、この一ヵ月は急に現実に引き戻されたような感じだった。

夏休み中は毎日のように顔を合わせていたバイト仲間も、九月になってからはそれぞれの生活の枠組《わくぐ》みの中に戻り、合間合間に働いている。生活の基本が学校である私もそれは同じ。

お店は二十四時間三百六十五日ずっとここにあるのに、プレイヤーの私たちは出たり入ったりで変化し続けている。

「優芽ちゃん、そういえば最近キッチンやってるんだって？」

ぼうっとしていたらふいに隼人さんに話しかけられ、コクッと頷いた。

「色々できる方がいいかと思って……。それに、シールが増えると嬉しいです」

「シール？」

私が自分の名札を見ると、隼人さんは「そのシールか」と破顔した。

定期券ほどのサイズの私の名札には、名前のほか、動物のシールがいくつか貼ってある。ドリンクマスターはウサギのアリサ、接客ビギナーはリスのアンドレアなどなど、仕事ができるようになるとシールが増えていって、全部揃《そろ》うと森のオーケストラの完成だ。

「確かに、シールが増えるとちょっと嬉しいよね」

リーダーである隼人さんの名札は、私とは違って動物シールを貼るスペースのない小さなサイズだ。社員とリーダーの名札は、プラスチックに直接名前が刻印されたちゃんとしたもの。

「隼人さんも、昔はシール集めてました？」

「もちろん。シール全種類集めないと、リーダーにはなれないし」

リーダーになると、私みたいなヒラのプレイヤーができる仕事に加え、電話対応やお金の管理、発注、シフトの作成などを任されることになる。もちろん時給は上がるけど、それだけ仕事の責任も増えるということ。

リーダーになれるのは十八歳《さい》からだし今の私には縁《えん》のない話だけど、素直《すなお》にすごいなぁと感心する。シールが全種類揃うのなんていつになるだろう。

と、そこまで考えて気がついた。源くんはシールを全種類、数ヵ月で集めたんだった。

やっぱりデキが違う……。

夕方のお店はおしゃべりに夢中な学生でいっぱいだけど、午後五時を過ぎるとその姿は徐々《じょじょ》に減ってくる。午後六時を回れば夕食として食べに来るお客さんが増えてくるけど、それまではいわゆるアイドルタイム。この間に時間のかかるトイレ掃除とか、資材の補充《ほじゅう》は済ませておきたい。

ポツポツ訪《おとず》れていたお客さんの対応をし、合間を縫《ぬ》って資材の補充をした。あとはゴミ箱のチェック……と、やることを確認《かくにん》していたときだった。

ポロロロン、という音が響《ひび》き、新しいお客さんがやって来た。

「いらっしゃいませ、こんにちは！」

大学生くらいの女の人だった。白いロングのシフォンスカートに七分袖《しちぶそで》のカットソー、ゆるふわパーマの肩《かた》に届く髪《かみ》と、お店のファンシーな内装にとてもマッチした格好だ。

きっとかわいらしい顔をしているに違いない、と女性の顔を見た私は内心ギョッとして、期間限定商品のサジェストも忘れた。

眉間《みけん》には皺《しわ》が寄り、その顔はむちゃくちゃ険しく、睨《にら》みつけるような目をしたまま、まっすぐカウンターに近づいてくる。

クレームか何かではと内心ヒヤヒヤしつつも、「ご注文がお決まりでしたらこちらにどうぞ」と私はPOSマシンの前に女性を促《うなが》した――けど。

女性は途中《とちゅう》で進路を変えてPOSマシンの前を通過し、受《う》け渡《わた》しカウンターの前で足を止めた。

「――隼人！」

受け渡しカウンターのすぐそば、コーヒーマシンの調整をしていた隼人さんは名前を呼ばれて初めて気がついたらしい。中腰《ちゅうごし》の姿勢のまま、女性の顔を見てポカンとする。

「……何やってんの？」

「隼人に会いに来たに決まってるでしょ！　電話もメッセもつながらないし……」

女性は顔を赤くし、今にもカウンターを乗《の》り越《こ》えて隼人さんに摑《つか》みかかりそうな勢いだ。

呆気《あっけ》に取《と》られてそんな様子を眺《なが》めていたら、「アレは修羅場《しゅらば》？」と背後から話しかけられてふり返った。さも興味津々《きょうみしんしん》といった表情で、キッチンからガルシアさんが顔を出す。

「隼人、カノジョがたくさんって聞いたヨ？」

「えっと……たくさんはいないと思いますよ？」

この時間、店内のお客さんが多くはないだけに、乗《の》り込《こ》んできた女性の存在は注目を集めていた。

どう対処するんだろう、とハラハラそれを見ていると。

隼人さんは笑顔を作った。

それは私にもわかるくらいの、接客用のスマイル。

「申し訳ありません。勤務時間中なのでご遠慮いただけますか？」

あくまで笑顔で、でも有無《うむ》を言わせぬ雰囲気《ふんいき》の隼人さんに、赤かった女性の顔が青くなった。

女性は最後に隼人さんをひと睨みし、逃《に》げるようにお店から駆《か》け出《で》てく。

こうして女性の姿が完全に見えなくなると、隼人さんは思いっ切りため息をついてそのスマイルを引っ込めた。そして、様子を窺《うかが》ってた私たちの方に接客用ではない笑《え》みを向ける。

「ごめんねー、驚《おどろ》かせて」

「修羅場は終わりネ？」

「終わり終わり」

にこにこと答える隼人さんに、ガルシアさんは「残念」と言い残して引っ込んだ。

一方、反応に困っている私を見て、隼人さんは自分のほっぺたを指差した。

「もしかして、この間のビンタの……？」

「そう。優芽ちゃんにアドバイスもらったし、ちょっと前に別れたんだけど」

「あ、そうなんですか」

「そうそう。そのあともしつこかったから着拒《ちゃっきょ》してたんだ」

せっかく会いに来たのに、あんな笑顔で冷たくされたらどれだけショックだろうって女の人に同情しちゃってたものの、そういうことならどっちもどっちって感じなのかも。

「またお店に迷惑《めいわく》かけるといけないし、もう一度話してみるよ」

「そうですか……」

なんだか漫画《まんが》みたいな、私には縁がなさすぎる展開でポカンとしたままだ。

あの元カノさん、別れ話をしたのにアルバイト先にまで来ちゃうなんて、どれだけ隼人さんのこと好きだったんだろう。

私みたいな恋愛偏差値《れんあいへんさち》ゼロもどうかと思うけど、モテすぎるっていうのも考えものだ。

その日の晩、夕飯を食べてから早々にお風呂《ふろ》に入り、自室でテスト勉強の計画を立てていると、ピコンと音がしてメッセが届いた。

私の勉強の邪魔《じゃま》をしないようにと、家にいるときでもお母さんがメッセを送ってくることがある。何か用かなと通知を見て、あれ、と目を瞬《しばたた》いた。

隼人さん？

『バイトが終わってから、元カノとちゃんと話をしました。もうお店に来ることはないと思います。今日はビックリさせてごめんなさい！』

報告と謝罪のメッセだった。次にアルバイトで会ったときで全然かまわないのに、律儀《りちぎ》な人だ。

来る者拒《こば》まずなのが玉《たま》に瑕《きず》だけど、基本的には優《やさ》しくて気配りもできる人なんだよなぁって改めて思った。あ、でも別れたって言ってたし、来る者拒まずも、もうやめたのかな。

そうなると、今まで以上にモテるかもしれない。大変そう。

『私は全然大丈夫《だいじょうぶ》です。おつかれさまでした』

おつかれさまでした、なんて私ごときが偉《えら》そうかとも思ったけど、ほかに思いつく言葉もなかったのでそのまま送信した。

それから思いついて、『演劇がんばってください』と添《そ》えておく。

メッセはすぐに既読《きどく》になって、『ありがとう』って文字つきのかわいいヒヨコのスタンプが返ってきた。

私はスマホをベッドの上に伏《ふ》せ、再び机に向かった。


♪♪♪


中間テスト前になり、予定どおりアルバイトは一週間のお休みをもらった。

アルバイトを始めて気がつけばもう二ヵ月半。週に何日も通っていたお店に行かないなんて、一週間だけとはいえちょっと不思議な気分だ。

テスト五日前のその日の放課後、深田さんと約束していたとおり、私は勉強会に参加した。

場所は、高校から徒歩二十分のところにある千里さんの家。二階建ての一軒家《いっけんや》で、両親は共働きで不在、クラスメイト三人で押しかける形になった。

道中のコンビニでお菓子《かし》やジュースを買い、「おじゃまします」とぞろぞろと上がり込む。

勉強会とはいえ、友だちの家に行くなんて高校に入ってから初めてで胸が高鳴ってしょうがない。

二階にある千里さんの部屋にテーブルを二つ出してもらい、参考書とお菓子を広げた。それぞれ自分の勉強を進めつつ、たまにおしゃべりをしたり、わからない問題を訊《き》き合《あ》ったり。みんなにしてみればよくあるイベントなんだろうけど、私は一人、心の中で込み上げるものを噛《か》みしめていた。

夏休み、色々がんばってよかった。

キッチンの仕事を接客に応用できたのと同じ。アルバイトをがんばったら、学校でも前より人が怖《こわ》くなくなった。自分から話しかけられるようになった。

こんな風に、色んなことができるようになればいいのに。

口元に手を当てて控えめに笑う深田さんの横顔を見て、そんな気持ちはたちまち複雑な色を帯びる。

深田さんに自分の気持ちを伝えた方がいいのかどうか、いまだに答えは出ていない。

源くんに告白するとか、そういうのは正直全然考えられないし、私にできる気もしない。それなら深田さんにわざわざ自分の気持ちを告げて、気まずくなる必要もないように思う。

でもそれだと、後ろめたい。

ちゃんと友だちになりたいのにフェアじゃない。

数学の問題を解きつつ、頭の片すみで悶々《もんもん》としてしまう。

そしてそんな私を、さらに追《お》い詰《つ》めるようなメッセが届く。

『兄に話してもらえました？』

たまに来る歌音《かのん》ちゃんの催促《さいそく》が日に日に厳しくなっていた。歌音ちゃんと二人で話してから約一ヵ月。私なんかに相談したことを、きっと悔《く》いているに違いない。

思い切って『お兄ちゃんはバイトを続けたいんじゃないかな』って返してみたこともあるけど、『守崎さんの意見は聞いていません』と一蹴《いっしゅう》されたのは記憶に新しい。血がつながってないのに、その手厳しさは源くんにそっくりだ。

午後六時を回り、勉強会は解散となった。勉強は進んだようなそうでないような感じではあったけど、楽しかったので参加させてもらえてよかった。

千里さんの家を出て駅に向かうと、帰宅ラッシュの時間帯と重なって電車は混雑していた。千葉駅からは深田さんと二人になり、九・十番線の成田線《なりたせん》のホームで並んで電車を待つ。

「……テストが終わったら、すぐに文化祭だね」

ふと横から話しかけられ、「そうだね」と頷いた。

テスト前は文化祭の準備も一時休止だけど、私たちが担当していたメニューをはじめ、飾《かざ》りや看板、衣装作《いしょうづく》りなどは概《おおむ》ね終わっていた。テストが終わったら、学校は一気に文化祭ムード一色になる。

「実は私、ちょっと迷ってることがあって」

「迷ってること？」

深田さんはちょっとだけ辺りを見回してから声を潜《ひそ》めた。

「文化祭でね、私――」

けどそのとき、列車がホームに滑《すべ》り込《こ》んできた。深田さんの言葉は半分聞き取れなくて、

「え？」と訊き返す。

「文化祭で？」

ホームに到着《とうちゃく》した電車のドアが開き、ただでさえ人の多いホームにさらに人が吐《は》き出《だ》されて大混雑。

「一緒に回りたくて」

私と一緒に、文化祭を回りたいってこと？

などと自分に都合のいいように考えた私は、まぬけもいいところだった。

「もちろん！」

「ホント？　告白するの、アリだと思う？」

思っていたのと違う上になんだか不穏《ふおん》な単語まで聞こえ、瞬時《しゅんじ》に固まった私に深田さんはわずかにその頬《ほお》を染めて言葉を続けた。

「文化祭、いいきっかけだと思うんだよね。源くんのこと呼び出すのとか、協力してもらえないかな？」

……もっと早く、自分の気持ちを深田さんに伝えておけばよかった。

私のバカ。

4．ただ今ご用意しますので、少々お待ちください。

三日間にわたる中間テストの最終日。

最後の科目である数学のテストが終わった瞬間《しゅんかん》、何かの糸がぷつりと切れて私は机に突《つ》っ伏《ぷ》した。

……終わった。

定期テストがこんなに疲《つか》れるものだなんて知らなかった。

一学期だってちゃんと勉強はしてたし、テストだってそれなりにまじめに受けていたつもりだ。なのに、アルバイトの継続《けいぞく》可否が懸《か》かってるだけで、精神的にこんなに追《お》い詰《つ》められるとは思わなかった。

もっと普段《ふだん》から予習復習をちゃんとやろう。なんて模範的《もはんてき》な生徒みたいな決意をしてしまい、なんだかんだでお母さんの策略にハマっているような気がしないでもない。

一学期の定期テストで、源《みなもと》くんが学年で十位以内に入っていたのを思い出す。私みたいに門限があるわけじゃないし、源くんは平日は私よりも長い時間シフトに入っていたりもするのに。

今度、どんな風に勉強してるか訊《き》いてみようかな……。

突っ伏していた机から顔を上げた。解答用紙を回収した先生はすでにいなくなっていて、あとはホームルームが始まるのを待つばかり。教室は解放感に満ちたおしゃべりでにぎやかで、私はそっと深田《ふかだ》さんの姿を目で捜《さが》した。

——源くんのこと呼び出すのとか、協力してもらえないかな？

そう訊かれた直後に並んでいた列が動き、満員の電車に乗り込《のこ》むことになったので返事を濁《にご》してしまった。

けど黙《だま》っているわけにもいかず、別《わか》れ際《ぎわ》、せめてものつもりでこう伝えた。

——さっきの件、保留でいい？

私の返事が予想外だったに違《ちが》いない。深田さんは困惑《こんわく》した表情で頷《うなず》いて、今日までそのことについて訊いてくることはなかった。

絶対、変に思われた。

でも、ほかに答えようがなかった。「協力したくない」と答えれば私の気持ちはバレバレで、かといって「協力する」なんて言えるわけがない。

もし私が協力しないまま、深田さんが源くんに告白しても、結果がＯＫとは限らない。源くんが好きなのは萌夏《もか》さんな気もするし。

でも……。

テストが終わって脳に空き容量ができたせいかもしれない。そんなことばっかり考えているうちに、担任の先生が教室に現れた。


テスト期間中なので午前中で学校は終了《しゅうりょう》。クラスでお弁当を食べつつ文化祭の打ち合わせをし、私は午後一時過ぎにおいとました。今日は二時からアルバイトがあるのだ。

ずっと勉強モードだったし、久々にお店に立つのは楽しみ。

自然と早足になりつつ西千葉駅《にしちばえき》に到着《とうちゃく》し、改札を通ったところで見覚えのある後ろ姿を発見した。

「――源くん！」

思い切って声をかけると、少し先を歩いていた源くんが気づいて足を止めてくれた。「なんだお前か」とでも言いたそうな顔ではあるけど、一応私が追いつくのを待ってくれている。緩《ゆる》みそうになるほっぺたに力を入れ、「今帰り?」と訊きながら駆《か》け寄《よ》った。

今月から制服は衣替《ころもが》えの移行期間だけど、源くんはまだ半袖《はんそで》の学生シャツを着ていて、上から紺色《こんいろ》のベストを着ていた。Eバーガーの制服のダークグレーのシャツ姿を見慣れているせいかもしれないけど、源くんは濃《こ》い色の方が似合う気がする。

私が隣《となり》に並ぶと源くんは再び歩き始め、前を向いたまま「これからバイト」と答えた。

「あれ、今日入ってたっけ?」

うっかりそんな風に返しちゃって、これじゃ源くんのシフトを把握《はあく》してるみたいじゃないかと思ったものの(事実だけど)、これといって不思議がられることもなく、そのままホームへの階段を上ってく。

「明日入る予定だったんだけど、用事ができたから萌夏さんに代わってもらった」

萌夏さんの名前にドキリとしつつも、「そうなんだ」ってなんでもない顔で返した。

「私、萌夏さんに最近会ってないよ」

「あの人、平日は夜のシフトばっかかだろ。昼はコンビニのバイトもしてるとか言ってたし」

「え、バイトかけ持ちなの?」

夏はかけ持ちしてなかったと思うのに。

何か状況《じょうきょう》が変わったんだろうか……。

必死に働いてる萌夏さんと自分を比べて、お小遣《こづか》いはナシでいい、なんて自分の甘《あま》さが改めてイヤになる。

よく知りもしないで上《うわ》っ面《つら》だけ真似《まね》たところで、なんの意味もないのに。

「色々あるんだろ、きっと」とまとめ、源くんはそれ以上萌夏さんの話は続けなかった。

「シフトといえば、隼人《はやと》さん、最近よく平日の夕方からシフト入れてんな」

「あ、やっぱりそうだよね。よくかぶるなって思ってた」

「女と別れて暇《ひま》になったのかな」

年上には敬意を持って接するタイプの源くんだけど、女性関係に緩い隼人さんに対してだけはわりと辛辣《しんらつ》だ。隼人さんと付き合ってた女の子が、何人かアルバイトを辞《や》めちゃったのが原因らしい。

「確かに最近別れたみたいだけど……しばらくは演劇に集中するんじゃないかな」

「だといいけど」

会話がいったん途切《とぎ》れた。そこで、私はずっと訊きたかったことを質問してみる。

「源くん、平日はあまりシフト入れてないの？」

源くんのシフトは土日が中心で、平日は一日か多くても二日って感じだった。それもあって、九月はあまりアルバイトで会えなかったのだ。

「平日だとまとまった時間入れないし、土日中心にしてる。平日は人が足りないときとか、誰《だれ》かに頼《たの》まれたときに入る感じ」

「なるほど……」

源くんに合わせて土日中心にしたいな、と一瞬《いっしゅん》思えど、土日のどっちかは休みにするってお母さんと約束したし、私は私のペースでシフトを入れるしかない。

階段を上り切り、地上三階分くらいの高さにあるホームに出ると、涼《すず》しい風が私たちの間を通《とお》り抜《ぬ》けた。

総武線《そうぶせん》の下り電車が来るまであと五分。ホームにはあまり人がおらず、二人でいることを急に意識してしまい脈が速くなる。

このまま一緒《いっしょ》に電車に乗って千葉駅から歩いてお店まで行くなんて、ちょっとしたデートみたいなのでは。いや、デートなんてしたことないけど。

黙ってるとドキドキの音が聞こえちゃいそうで、ごまかすように話しかけた。

「テスト、どうだった？」

「フツー」

その「フッー」で、学年で十位以内とかに入っちゃうんだからすごい。

「私、学年で五十位以内に入れなかったら、バイト辞めるって約束なんだよね」

線路の方を見ていた源くんは、チラとこっちに目を向ける。

「ヤバそうなわけ？」

「いや、その、多分大丈夫《だいじょうぶ》、だと思うけど」

ここで「ヤバい」なんて口にしたら、絶対に怒《おこ》られる。

バイトを続けるために、源くんには夏休み中にたくさん迷惑《めいわく》をかけたのだ。

それに、源くんに色々教わったおかげで、働くのも楽しいって思えるようになった。

「辞めたくないから、がんばりました」

そんな回答にご満悦《まんえつ》いただけたらしい。

ほんのわずかではあるけど源くんの口《くち》の端《はし》に笑《え》みが浮《う》かび、体中の血が瞬間沸騰したように熱くなってドクドク鳴りだしてしまう。

こんな不意打ちはズルい……。

お店に辿《たど》り着《つ》くまで心臓保《も》たないかも、などと思っていたら、下り列車が到着する旨《むね》のアナウンスが流れた。

Ｅバーガー京成千葉中央駅前店《けいせいちばちゅうおうえきまえ》に到着するまで、電車に乗ってからトータルすると二十分もかからなかった。

店の裏口に到着し、インターフォンを押《お》す源くんの横顔は涼しげで、挙動不審《きょどうふしん》にならないように必死に平静を装《よそお》っていた私とは大違い。私ばっかりこんなになってとちょっと悔《くや》しい。

少ししてドアが開き、顔を覗《のぞ》かせたのは隼人さんだった。Ｅバーガーの制服姿だ。

「おはよう」とにっこりされて源くんは小さく会釈《えしゃく》で返し、私は「おはようございます」って応えた。

「隼人さん、今日はお昼から入ってるんですか？」

「うん。夜にサークルの練習があるんだ」

どうやら隼人さんはお昼休憩中《ひるきゅうけいちゅう》だったらしい。私と隼人さんが入口のところで話していると、源くんは先に楽屋の方へ行ってしまう。緊張《きんちょう》とドキドキの二人タイムは終了した。

名残惜《なごりお》しく去っていく後ろ姿を目で追っていると、「それ」と隼人さんに持っていた荷物を指差された。

「もしかして、何かの衣装《いしょう》？」

肩《かた》にかけていたビニールバッグから、黒い布が覗いていた。布を見てすぐに衣装だと思うなんて、やっぱり演劇脳なんだな。

「文化祭でクラスで喫茶店《きっさてん》やるんです。男装するんで、その衣装です」

「へぇ。文化祭、いつやるの？」

私が日付を答えると、隼人さんはパンツのポケットに入れていたスマホを取り出してカレンダーを表示した。

「その日は予定ないし、見に行ってもいい？」

「え、来るんですか？」

きょとんとして訊き返すと、隼人さんはにこにこしたまま頷いた。

チケットは余ってるけど、大学生が来ても面白《おもしろ》いのかな……。

隼人さんにチケットを渡《わた》して一緒に楽屋に行くと、源くんはすでに着替《きが》え中《ちゅう》、そして隼人さんと同じく休憩中らしい、制服姿の青江《あおえ》さんがトレーに載《の》ったポテトフライを摘《つ》まんでいた。

四人もいると楽屋は満員って感じだ。

「おはようございます」と青江さんに挨拶《あいさつ》すると、「おはよう！」って元気な挨拶が返ってくる。

「拓真《たくま》と一緒に来たの、優芽《ゆめ》ちゃんだったんだ」

「学校帰りに会って……」

青江さんは摘まんでいたポテトを頬《ほお》ばるとペーパーナプキンで指先を拭《ぬぐ》い、自分のスマホを操作しながら訊いてきた。

「優芽ちゃん、今週の日曜日ってシフト入ってないよね？　何か予定ある？」

突然《とつぜん》の質問に目を瞬《またた》き、「特にないですけど」と答えた。

「うちで女子会やろうと思ってるんだけど、優芽ちゃんも来ない？」


♪♪♪


招待された青江さんの家は、千葉駅と千葉公園の間くらいの場所にある、二階建ての一軒家《いっけんや》だった。

「でっけー……」

ポカンとするように口を開けた萌夏さんの言葉に、私と梨花《りか》さんは黙って頷いた。

千葉駅から歩いて行ける便利な立地に加え、広いベランダとテラス、大きな庭つきの家。家の相場なんてわからない私が見ても高そうなのがわかる。

「青江さん、なんでEバーガーでバイトしてんの？　バイト要《い》らなそうじゃない？」とは梨花さん。

「働くのが趣味《しゅみ》とか？」とは私。

「趣味で働ける人生送りたい！」なんて突《つ》っ込《こ》みにくいことを言うのは萌夏さん。

と、そんな私たちの声が聞こえたのかもしれない。インターフォンを押す前に玄関《げんかん》のドアが開き、ブルーの半袖ニットとパンツ姿の青江さんが顔を出した。

「いらっしゃい！　ほらほら、さっさと中においで！」

中間テストが終わってすぐの日曜日の午前十一時。お誘《さそ》いを受けて、私は青江さんの家にお呼ばれした。

「旦那《だんな》も出張で、息子《むすこ》も修学旅行中でさ。家に一人だったから人呼びたかったの！」

外から見た印象そのままの広い玄関で、青江さんはスリッパを出しつつ話す。

いつものサバサバした雰囲気《ふんいき》の青江さんそのままなのに、広い玄関に天井《てんじょう》の高い廊下《ろうか》という家にいるだけで、セレブっぽい感じがしてしまう。

「それにしても急だったねー」と、スリッパに足を通しながら梨花さんが言う。

青江さんがお店の女の子たちに声をかけ始めたのは四日前のこと。都合がついたのは結局私、梨花さん、萌夏さんの三人だけだった。

「こういうのって、思い立ったが吉日《きちじつ》って言うでしょ！」

通されたリビングもやっぱり広々空間。大きなダイニングテーブルにはすでに唐揚《からあ》げやポテトフライ、サラダ、ピザやサンドイッチなどが並んでいて、青江さんのやる気を感じられる。

「適当に座《すわ》ってー。今飲みもの出すから」

「あ、手伝います」

荷物をリビングのすみに置かせてもらい、キッチンへ向かう青江さんについていく。テレビドラマにでも出てきそうな、明るいカウンターキッチンだ。

青江さんは冷蔵庫からオレンジジュースとジンジャーエール、緑茶のペットボトルを取り出して私に渡す。

そうしてもろもろ準備を手伝い、私も席に着いた。私はオレンジジュースで、萌夏さんと梨花さんはジンジャーエール、青江さんは緑茶で乾杯《かんぱい》し、早速《さっそく》女子会がスタート。

女子会って何するんだろうとドキドキしつつ、ひとまず自分のお皿にサラダやピザを取った。お腹《なか》を満たすのは大事だ。

「修吾《しゅうご》さんも、青江さんの家に行きたかったたって言ってたよ」

梨花さんはピザを取りながらそんな風に口を開いた。

「女同士の方が話しやすいことってあるでしょ」

「それはそうだけどー」

幾分《いくぶん》か砕《くだ》けた口調になり、梨花さんは青江さんと顔を見合わせてクスクス笑う。

ご飯を食べながらおしゃべりをして笑い合って。年齢《ねんれい》は違えど、やっていることは学校で女子のグループでおしゃべりするのと変わらなくて、大発見をした気分だ。

そうしてご飯も半分くらい減ったところだった。

「そろそろかしら」

青江さんが席を立ち、冷蔵庫から大きめのお皿を取り出すと、それを萌夏さんの前に置いた。

ホールの苺《いちご》のショートケーキ。

それにはピンク色のプレートがついていて、チョコレートの文字で『就職おめでとう』と書かれている。

萌夏さんは何度も目を瞬き、それから顔を赤くして青江さんを見返した。

「店長から萌夏が受かったって聞いてさ」

私と一緒に横からケーキを覗き込んでいた梨花さんが「すごーい」って声を上げた。

「萌夏、就職するんだ？」

「まぁ、そんな感じっす」

「どんなお仕事するんですか？」

私が訊くと、萌夏さんははにかむような笑みを口元に浮かべた。

「Eバーガーの社員」

揃《そろ》って目を丸くしている私と梨花さんを見て「驚《おどろ》いたでしょ？」と青江さんは笑うやいなや、急に顔を歪《ゆが》めてそばにあったティッシュ箱から何枚かティッシュを引き抜いて洟《はな》をかんだ。

「高校中退しちゃうし、この子ってば将来どうするんだろうってずっと心配だったからさ。ホントよかったよ……」

「なんで青江さんが泣いてんの？」

萌夏さんが笑いながら突っ込み、「歳《とし》取ると涙《なみだ》もろくなるの！」と青江さんはまた洟をかんだ。

ロウソクもあるというので、せっかくなので火をつけて萌夏さんに消してもらい、みんなで拍手《はくしゅ》してお祝いした。

それから、青江さんが空になったペットボトルをマイクに見立てて、萌夏さんに突きつける。

「萌夏からひと言！」

えー、と萌夏さんはイヤがったけど、青江さんにペットボトルでぐいぐいやられて渋々《しぶしぶ》口を開いた。

「その……あたし中卒だし、ろくな働き口ないだろうなって色々諦《あきら》めてたんだけど、店長が本部に推薦《すいせん》もしてくれて、今回こういう感じになりました。あたし飽《あ》きっぽいんだけど、それでも今の店では長く働けてて、それって青江さんとか色んな人がよくしてくれたからかなって、その、思ってて……」

「送別会？」

「送別会とかどうせそのうちやるんですよね？　挨拶とか、そのときでいいじゃん」

萌夏さんは最後は言葉をもごもごさせ、顔を赤くして青江さんに向き直った。

つい訊き返した私に、萌夏さんは説明してくれる。

「社員研修が年明けからあるのね。講習受けたりとか、色んなお店回ったりとか。だから、今の店は年末で卒業なの」

正社員になっても、このまま京成千葉中央駅前店にいるものだとばかり思ってた。

「萌夏さん、いなくなっちゃうんですか？」

「ま、そのうち、京成千葉中央駅前店に配属されることもあるかもだけどね」

何も言えなくなってしまった私の気持ちを代弁するように、「寂《さび》しくなるねー」って梨花さんが呟《つぶや》いた。

「あ、最近コンビニのバイト始めたのってそのせい？」

「そう。研修中ってあんまりお給料もらえないし、今のうちに稼《かせ》げるだけ稼ごうかなって……」

みんなの会話が、右から左へと流れてく。

多分私は、このまま高校に通って受験して卒業して、大学に進学する。そこまでは想像できる。

そしてそのあとはいわゆる「就活」ってヤツをしてどこかの企業《きぎょう》に就職するか、もしかしたら資格を取ったりして何かの職業に就《つ》くのかもしれない、けど。

まったくイメージできなかった。

梨花さんは大学で福祉《ふくし》を学んでるっていうし、きっとそういう仕事を目指してるんだろう。まだ中学生だけど歌音ちゃんは音大志望で、きっとプロの演奏家を目指してる。

漠然《ばくぜん》とした不安と焦燥感《しょうそうかん》が一気に膨《ふく》れ上《あ》がった。

みんなにはある将来の夢とか目標が、私には全然ない。

お母さんが敷《し》いたレールの上で狭《せま》い世界しか知らなかったときは、こんな風に不安を覚えたことがなかった。

作草部《さくさべ》高校では二年生から文系と理系に分かれる。どちらのコースに進みたいか一学期の終わりに事前アンケートがあって、とりあえず「文系」と回答した。そのうち、なんとなく決まるかなって思ってたのだ。その「なんとなく」に、これっぽっちの不安も感じなかった。今思えば、敷かれたレールに乗って進めば、きっとどこかに着くっていう安心感があったのかもしれない。

そんなわけないのに。

敷かれたレールが完璧《かんぺき》とは限らない。

レールだって、いつ壊《こわ》れるかわからない。

それにレールがあってもなくても、前に進むか、右に曲がるか左に曲がるか、決めるのはいつだって自分。

なのに、私には道標《みちしるべ》となる何かがなんにもない。

「――優芽ちゃん?」

萌夏さんに声をかけられてハッとする。

いつの間にか、一人で考え込んじゃってた。

「どした?　ぼーっとして」

「その……」

梨花さんや青江さんにも不思議そうな顔をされちゃってて、恥《は》ずかしさのあまり頬が熱くなる。

「萌夏さん、自分のこと自分で決めて、働くなんてすごいなって」

萌夏さんはその丸い目をパチクリとさせたあと、手を伸《の》ばして私の頭をぐりぐりした。

「優芽ちゃんだって働いてるじゃん」

萌夏さんの言葉に、青江さんと梨花さんも同意してくれる。

「優芽ちゃん呑《の》み込《こ》み早いしね」

「自分からキッチンのトレーニングしてて偉《えら》いって修吾さんも言ってたよ」

優《やさ》しいみんなの言葉に笑って返したけど、膨らんだ焦燥感が消えることはなかった。


お総菜などはあらかたなくなり、ダイニングテーブルの上は切り分けたケーキやお菓子《かし》に取って代わられた。女三人寄ればかしましいという言葉があるけど、四人もいるのでなおさらおしゃべりは尽《つ》きない。

青江さんと梨花さんのおしゃべりはさらに勢いがつき、気がつけば店の人間関係の話題になっていた。

「梨花はさー、男見る目だけはあったよね。修吾は頭いいし堅実《けんじつ》だよ」

「えー、ああ見えて結構適当だよー？　この間も、よくわかんない買いものでポーンとお金使っちゃってさ、すっごい喧嘩《けんか》になったもん」

梨花さんの口調からは、気づけばすっかり敬語が抜けている。

かしましくおしゃべりを続ける二人を見ていたら、正面に座っていた萌夏さんがボソッと漏《も》らした。

「このノリにはついていけない……」

青江さんと梨花さんのやり取りを眺《なが》める。

まぁでも、二人がしてるのは知ってる人の話だし、聞いている分には面白い。

萌夏さんは空になったケーキのお皿に小袋《こぶくろ》のあられ菓子を出し、おせんべいで生クリームをすくってから口に運んだ。

「その後、お母さんとはどう？　バイトのことで喧嘩してない？」

「喧嘩はしてないですよ。成績が落ちたらバイトを辞めるって約束したんで、この間の中間テストは必死でした」

「うえー、すごいね。あたし、勉強とかマジ苦手だったからなぁ」

「でも、仕事のこととかすごく色々覚えてるじゃないですか」

「仕事は、頭じゃなくて身体《からだ》で覚えてることも多いよ。じっと座って教科書読むのとか、あたし超《ちょう》苦手だもん」

そんな話をしていたら、梨花さんが隣に座っていた萌夏さんに突然抱《だ》きついた。

「萌夏が卒業しちゃうの、私寂しいなー」

梨花さんにぎゅっとされて、萌夏さんは嘆息《たんそく》しつつ、おせんべいを片手に持ったまま梨花さんの頭をよしよしした。

「梨花さん、お茶でも飲んだらどうですか?」

「あ、萌夏ってば、私のことしょうもない先輩《せんぱい》だと思ってるでしょ?」

ぷうっと頬を膨らませて梨花さんは萌夏さんから身体を離《はな》した。

そんな様子を見ていた青江さんがペットボトルのお茶に手を伸ばし、「あら」と声を上げる。

「もうお茶なくなってるね。物置にまだあるから取ってくるよ」

青江さんはパタパタとリビングから去っていく。

それを見送り、梨花さんは萌夏さんに向き直った。

「萌夏がいなくなったら、みんな寂しいと思うなー」

梨花さんの言葉に、萌夏さんは照《て》れ隠《かく》しのように唇《くちびる》を尖《とが》らせる。

「別に、会おうと思えば会えるんだし」

「でもさー」

萌夏さんの腕《うで》に梨花さんはまた自分の腕を絡《から》ませた。

「寂しがる人多いと思うよ?」

「そうですかね」

梨花さんに目配せされるように見られ、私は頷いた。

「私も寂しいですよ」

萌夏さんと仲よく話せるようになってまだ数ヵ月。就職はおめでたいことではあるけど、寂しくないのとはまた別だ。

「だよねー。あ、拓真とかもさ、知ったら絶対寂しがるよ！」

梨花さんの口から突然出てきた源くんの名前に私は固まった。

一方の萌夏さんは、あからさまにギョッとして梨花さんの腕を摑《つか》み返《かえ》す。

「梨花さん、何言ってんすか」

「え、だって拓真って、前に萌夏に告ってなかったっけ？」

萌夏さんは唇の端を引きつらせてチラと私を見ると、「告るとかそんなんじゃないってば！」

とすぐに梨花さんを諌《いさ》めた。

「えー、そうなの？」

「あーもう、変なこと言わないでくださいよ。あれは――」

二人の話を遮《さえぎ》るように、私は思わず席を立った。

予想外にガタンと大きな音が響《ひび》いてしまって、たちまち静かになる。

突然立ち上がった私に二人の目が向いた。私は頬が強《こわ》ばっていくのを感じつつ、口を開く。

「あの……お手洗い、行ってきます」

なんとかぎこちない笑顔《えがお》を作り、私はその場から逃《に》げた。

リビングから廊下に出ると、閉めたドア越《ご》しに二人が再び話し始めた声が微《かす》かに聞こえてくる。

そんな必要もないのに、足音を立てないようにスリッパの足をゆっくり動かして廊下を進んだ。

……源くんが、萌夏さんに特別な感情を抱いているのは明らかだった。やっぱり、って感想しかないはずなのに。

すでに告白済みだったとは思ってなかった。

さっきの会話の感じだと、萌夏さんがフったってことなのかもしれない。

それがいつ頃《ごろ》のことかはわからないけど、それならよかった——なんてことはもちろんなくて。

源くんが萌夏さんみたいな人が好きだっていうなら、ますます私なんかには望みがない。

トイレを見つけ、個室の中でしばしぼうっとしてしまう。

さっき、あんなタイミングで席を立っちゃって不自然に思われたかもしれない。なんでもない顔で、早く戻《もど》った方がいい。

こういうときこそ演じたらいいってわかってるのに、心の中でスイッチを切《き》り替《か》えるイメージをしてみるも、うまくいかなくて諦めた。

ため息をつきつつ、用を足して廊下に出ると。

壁《かべ》にもたれて、萌夏さんが立っていた。

あまりに想定外で私は小さく息を呑み、そんな私に萌夏さんはいかにも気まずそうにボソッと切り出す。

「さっきのことなんだけど」

「さっきのこと？」

表情を取《と》り繕《つくろ》うことなんてできなかった。訊き返した声は固くなり、身体の横で握《にぎ》った左手は震《ふる》えてしまう。

「梨花さんが言ってたこと。その……あたし、拓真とはなんにもないし」

萌夏さんがここで私を待っていた時点で、言われるであろう言葉はある程度予想できていた。

だけど。

「なんで、私にそんなこと言うんですか……？」

体中の熱が顔の表面に集まってくる。

私の気持ちとかそういうの、いつから萌夏さんにバレてたんだろう。

恥ずかしいような、情けないような気持ちで唇まで震えてしまい、それ以上はもう何も言えなかった。

萌夏さんがハッとしたのがわかったけど、私は顔を俯《うつむ》かせて目を逸《そ》らした。そのまま萌夏さんの脇《わき》をすり抜け、リビングのドアを開ける。

「おかえりー」といつの間にか戻ってきていた青江さんがキッチンから声をかけてきて、今度は作り笑いをすることに成功した。

壁の時計を見ると、午後三時を回ったところ。

静かに深呼吸した。ほんのちょっとなら、演じられる気がする。

「私、今日は四時までに家に帰るように言われてるので、この辺でおいとまします」

お茶を飲んでいた梨花さんも時計を見て、「あ、もうそんなに時間経《た》ってたんだ」と声を上げる。梨花さんがさっきの私の態度をどう思ったのかは、その表情からはわからなかった。

「梨《なし》でも剝《む》こうと思ってたんだけど」と残念そうな顔で言う青江さんにペコッと頭を下げる。

「すみません。あの、たくさんごちそうしていただいてありがとうございました。楽しかったです」

手早く荷物をまとめて玄関に向かうと、青江さんと梨花さんが見送ってくれた。

「萌夏は？」

「さっきトイレ行ったきりだね」

そんなやり取りをしている二人にもう一度頭を下げ、最後は小さく手をふって青江家をあとにする。

外に出ると雲の少ない青空で、眩《まぶ》しい日差しに一瞬動けなくなった。

目を閉じると、暖かな太陽の光が目蓋《まぶた》を透《す》かす。内にこもっていた熱がゆっくり溶《と》け出《だ》し、やがて肩から力が抜けた。

……萌夏さんの、就職祝いだったのに。

萌夏さんに気を遣《つか》わせて、あんな風に突《つ》き放《はな》すなんて最低にもほどがある。

源くんが萌夏さんのことを好きなことなんて、わかり切ってたこと。

何よりこれは私の問題で、萌夏さんはなんにも悪くないのに。

目蓋を開くと滲《にじ》んだ涙で空が歪んだ。浮かんだ涙はこぼれ落ちる前に手《て》の甲《こう》で拭い、何も考えたくなくて駆けるように千葉駅への道を急いだ。

♪♪♪

週が明けると、中間テストの結果が順次返却《へんきゃく》された。

アルバイトに文化祭の準備と何かと忙《いそが》しかった今回の方が、どの教科をとっても一学期より点数がよく、自分のことながら不思議でしょうがない。

これなら順位も問題なさそうだし、バイトもきっと問題なく続けられる。そのことに、心が弾《はず》んでもいいはずだ。

なのに気持ちはまったく明るくならないまま放課後を迎《むか》え、Eバーガー京成千葉中央駅前店へと重い足を引きずるように向かった。

千葉駅で電車を降りて、三階の改札階からバスロータリーのある一階へと降りる。曇天《どんてん》で吹《ふ》き抜《ぬ》ける風はひんやりしていて、長袖の学生シャツにニットのベストを着ただけでは少し肌寒《はだざむ》い。制服のブレザーはクローゼットにしまってあるけど、そろそろ着てもよさそうだ。

駅ビルは数年前に改築が終わって綺麗《きれい》になったばかりだけど、駅前の一画は現在も再開発事業のまっ最中で、背の高いフェンスに囲われクレーンが天に向かって伸びている。街の景色は日々変化していた。

今日のシフト、誰と一緒だったっけ……。

クレーンをぼうっと見ていたら前から歩いてきた男の人とぶつかって、身体のバランスを崩《くず》し思いっ切り尻餅《しりもち》をついた。おまけに肩から提《さ》げていた学生鞄《がくせいかばん》のファスナーが半開きになっていたようで、クリアファイルに挟《はさ》んでいた紙が辺りに散らばってしまう。

「気をつけろ」と男の人にはすごむように吐《は》き捨《す》てられ、「すみません」と小さくなって謝《あやま》った。

アスファルトの上にぺたりと座り込んだまま、散らばってしまった書類をかき集めていたらますます惨《みじ》めになってくる。

離れたところにあった紙を拾おうとしたら、先に誰かに拾われた。

「すみませ――」

「何やってんだよ」

紙を拾い、呆《あき》れ顔《がお》で私を見下ろしているのは源くんだった。

突然の登場に何も言えずにいると、ほれ、と手を差し出される。

「さっさと立てよ。迷惑だろ」

迷惑、という言葉に瞬時《しゅんじ》に顔が赤くなるのを感じつつ、差し出された手をそっと摑んだ。

そのまま力強く引っぱり上げられ、痛いくらいに鳴る心臓の音を聞きながら立ち上がる。

触《ふ》れた手は私の手なんてすっぽり覆《おお》えるくらい大きくて指が長く、温かかった。

摑んだ手はすぐに離れたのに、わずかに手のひらに残る熱にくらくらしそうになる。

「ありがとう」となんとかお礼は伝えたものの、その顔をまともに見られない。俯いたまま汚《よご》れてしまったスカートを払《はら》い、学生鞄を肩に提げ直した。

「さっきぶつかったおっさん、手くらい貸せってんだよな」

「……見てたの？」

「あんなに派手にすっ転んでれば、イヤでも目に入るだろ」

我慢《がまん》できなくてとうとう両手で顔を覆った。恥ずかしいにもほどがある。

渦巻《うずま》く色んな感情で動けなくなった私の一方、源くんは拾った紙をまじまじと見ていた。

「これ、守崎《もりさき》が作ったの？」

源くんが見ていたのは、クラスの出しものの喫茶店で使うメニューだった。

記載《きさい》する内容や文言は深田さんの協力もあり決まったものの、デザインでもう何日も悩《なや》んでる。道ばたにばらまいてしまった紙は、ここ数日作っていたデザインの案だった。

「ちゃんとしたの作りたくて……」

メニュー作りは私に一任されることになり、それならかわいらしいデザインにしようと思った。教室は花をモチーフにした飾《かざ》りつけをするそうなので、せっかくならそれに合わせたい。

そんな風に考えるうちに、小さなイラストを入れたらどうか、わかりやすい配置にするには、などなど色々と案が浮かんで、収拾《しゅうしゅう》がつかなくなってしまったのだ。

メニューなんて、クラスの出しもの全体から見れば些末《さまつ》なものだ。こんなに時間をかけてこだわるものでもないし、読めれば事足りるものでもある。テスト勉強が終わって時間ができたせいもあるけど、自分でも時間の配分を間違《まちが》えている自覚はあった。

けど、源くんは感心したような顔で紙を返してきた。

「こういうの得意なの、すげーな」

その言葉に、耳の先まで一気に熱くなる。

「得意じゃない、けど」

「俺《おれ》、字も汚《きたな》いし絵とか描《か》けないし」

受け取った紙をクリアファイルにしまい直し、学生鞄に入れて今度こそちゃんとファスナーを閉めた。源くんはもたもたした私の一連の動作を黙って待っててくれている。

「……源くん、もしかしてこれからシフト?」

「じゃなかったらここにいないだろ」

源くんと一緒のシフトだってことすら忘れてしまうような精神状態の自分を再認識し、たちまち気持ちが重さを取り戻す。

二人だからって、ドキドキしてもしょうがない。

京成千葉中央駅へ向かう道を並んで歩くことになったけど、何を話したらいいのかまったくわからない。

　すると、源くんの方から話しかけてきた。

「青江さん家《ち》、どうだった？」

　そういえば、青江さんに女子会に誘われたあの場に源くんもいたんだった。

「広かった。青江さん、セレブなのかも」

「ほかに誰が来たの？」

「梨花さんと、萌夏さん」

　萌夏さんの名前を出して、源くんの横顔を窺《うかが》うと目が合った。

「何？」

　じろじろ見すぎてしまったらしい。

　――拓真とかもさ、知ったら絶対寂しがるよ！

　梨花さんの言葉が脳裏《のうり》に蘇《よみがえ》り、源くんの反応を見たいという誘惑《ゆうわく》に負けた。

「萌夏さん、Ｅバーガーの社員になるんだって。研修があるから、年内でうちの店は辞めることになるって」

　肩に提げた学生鞄をぎゅっと握り、緊張と不安がない混ぜになったような、身体の芯が強ばるような気持ちで話した。

なんでもない顔で、平静を装って。

私にしては、うまく演技できている。

けど、腹立たしいくらいに源くんの反応は薄《うす》かった。

「――へぇ」

「バイトから社員になる人、結構いるみたいだしな」

おまけに、さも普通《ふつう》の雑談みたいな感じでそんな風につけ加えてくる。

居酒屋やゲームセンターがある通りのまん中で、私の足は止まってしまった。

数歩先に行ってから、そんな私に気づいた源くんがふり返る。

「どうかした？」

「それだけ……？」

源くんは不思議そうに首を傾《かし》げて目を細めた。

「なんで怒ってんの？」

「お、怒ってなんか……」

源くんはこっちに戻ってくるなり私の学生鞄を摑み、私を道の端の方に寄せた。

「そんなんだから人にぶつかって引っくり返るんだよ」

「だって……萌夏さんいなくなっちゃうのに！」

「いなくなっちゃうって、正社員になるっつーんならめでたい話なんじゃないの?」

「そうだけど!」

私が言いたいのはそういうことじゃない。

私が知りたいのはそういうことじゃない。

地団駄《じだんだ》を踏《ふ》んで、熱を帯びていく感情をまき散らしたい衝動《しょうどう》に駆られた。

こんなことを訊いてもしょうがない。

しょうがないと思うのに、自制なんて全然きかない。

「源くんは、寂しくないの?」

きょとんとして「は?」と返した源くんは、けどすぐに何かに気づいたような顔になり、やがて表情を強ばらせた。

「……なんなんだよ」

低い声でそれだけ吐き捨て、源くんは私に背を向けて大股《おおまた》で去っていってしまう。

……源くんがどんな反応をするかなんて、ちょっと考えればわかることだったのに。

それに何より、なんとも思ってない私に、本音なんて言うわけない。

茹《ゆ》だるように熱くなっていた身体から風船が萎《しぼ》むように刺々《とげとげ》しい感情が抜けていき、あとに残ったのは重たい徒労感だけだった。

源くんに遅《おく》れること五分以上、私がEバーガー京成千葉中央駅前店に到着したのはシフトの時間ギリギリで、すでに楽屋に源くんの姿はなかった。反省したり自己嫌悪《じこけんお》に陥《おちい》ったりする暇もなく、超特急で着替えを済ませて楽屋を駆け出る。

キッチンには誰もおらず、胃が鈍《にぶ》く痛むのを感じつつカウンターの方に顔を出すと、POSマシンで出勤時間を入力している源くんと、客席の方からこちらに戻ってくる修吾さんの姿があった。

「おはようございます」と挨拶すると、修吾さんからは挨拶が返ってきたけど、源くんはこちらを見もしなかった。

源くんは私を無視したまま修吾さんに訊く。

「修吾さん、俺キッチンでいいっすか？」

「いいけど――」

修吾さんの返事を最後まで聞かず、源くんはさっさとキッチンの方に引っ込んだ。

修吾さんはメガネの奥《おく》の目をパチクリとさせ、それから私を見た。

「あいつ、なんかあったの？」

「さぁ……」

梨花さんはこの間の女子会でのこと、修吾さんに話してないんだろうか。それとも、梨花さんはあのとき私の様子がおかしくなったこと、気づかなかったんだろうか。

余計な邪推《じゃすい》ばかりしてしまってイヤになる。

POSマシンに出勤時間を入力し、ため息を呑み込んで前を向いた。

心の中でスイッチを入れる。仕事に集中しよう。こういうときはアニマート、元気よく、だ。

カウンター下に置いてある掃除用《そうじよう》のクロスを手にし、客席に出ていつものメニューをこなす。掃除、整理整頓《せいりせいとん》、ゴミ箱のチェック……。

ひととおり終わったときには少し気が紛《まぎ》れていた。身体を動かすのって大事。

カウンターエリアに戻ると、修吾さんは今日のシフト表をなんだか渋い顔で見ていた。

「どうかしたんですか？」

「さっき連絡《れんらく》があって、晴香《はるか》ちゃん、急に今日休みになっちゃって」

先月採用されたばかりの晴香さん。何度かシフトがかぶったこともあり、ドリンクの作り方やPOSマシンの操作などは私がトレーニングをした。

「今日、本当は俺が晴香ちゃんのトレーニングして、その間に拓真に優芽ちゃんのキッチントレーニングしてもらおうかと思ってたんだよねー。来ないとなると、ちょっと優芽ちゃんのトレーニングは厳しいかも」

「あー……それなら、またの機会に」

晴香さんがお休みで助かったかもしれない。源くんにトレーニングしてもらうの、この状況じゃ気まずすぎて無理。

キッチンの方をチラと見ると、源くんは休む間もなく資材棚《しざいだな》やウォークイン冷蔵庫とキッチンを往復していた。食材や資材の補充《ほじゅう》をしているらしい。

仕事のおかげで頭はすっきりしてだいぶ冷静になり、さっきはバカなことをしたとただただ反省した。

自分のもやもやを源くんにぶつけてなんになる。

八つ当たりするように言葉をぶつけて、もし源くんが萌夏さんを好きだって認めたとしても、どうにもならないのに。

ここ最近、何かのカセが外れたように気持ちがぐらぐらして、衝動的になりがちだ。

夏休みが終わったときは、私にもできることがあったって思えた。

でも今は、できることが増えた分だけ、気にも留めていなかった自分のダメなところが目についてしょうがない。色んなことが不安でしょうがない。

アルバイトはその分、気が楽かも。目の前にある仕事を優先することができる。

ポロロロン、と私に気持ちを切り替えろと言わんばかりの明るいフレーズが店内に流れた。新しいお客さんだ。

挨拶はフォルテ、大きな声で。

「いらっしゃいませ、こんにちは！」

二十代後半くらいの女性だった。空席があるか確認《かくにん》するような素ぶりをしてからカウンターの方にやって来る。

修吾さんはキッチンエリアの源くんと話をしていたので、私はＰＯＳマシンに女性を誘導《ゆうどう》した。

心の中でスイッチを入れ直す。

今の私は、Ｅバーガーの店員。

「ご来場ありがとうございます！　こちらでお召《め》し上《あ》がりでしょうか？」

ちゃんと笑顔を作れた――と、思ったのに。

女性は困惑したような顔になってしまった。無自覚に何かしたかなと、私の笑顔までぎこちなくなる。

どうしようと思っていると、女性はハンドバッグから何かを取り出しこちらに見せてきた。

『耳が不自由です』

耳を象《かたど》ったマークと、そんな文字が書かれたカードにハッとする。

「えっと……」

手話なんてわからないと思ったけど、咄嗟《とっさ》に左手の人差し指で下を指し、尋《たず》ねるように首を傾げてみた。それから、カウンターのそばにあったビニールバッグを手にして見せてみる。

女性は私と同じように、指で「ここ」というように下を指す仕草をしてくれた。イートインのようだ。

そのあとは、指差しで注文をしてもらった。いつもだと口頭で注文を復唱するのがルールだけど、代わりにペーパーナプキンにオーダーを書いて筆談で確認してもらう。和風きのこハンバーガーのセット。ドリンクの種類が間違っていたので確認してよかった。

無事に注文を通すことができ、お会計も済ませられた。聞こえてないってわかってたけど、それでも気持ちだけでも伝えたくて口を開く。

「ありがとうございました。ただ今ご用意しますので、少々お待ちください」

女性が笑顔で、左手の甲に当てた右手を上に動かした。どうやら感謝を示してくれたようで、ものすごくホッとする。

ドリンクとポテトを用意し、でき上がったハンバーガーをトレーに載せて、受け渡しカウンターから無事に女性に渡せてひと息ついた。

あのカードを見せてもらえなかったら、見た目じゃ耳が不自由だとはわからなかった。教えてもらえてよかった。

わからないままだったら、失礼なことをしたかな、失敗したかなってきっと不安なままだった――

急に視界が開けたように感じた。

一人でもやもや考えていたって、他人が考えてることなんて理解できない。

言葉にして伝えないと、伝わらない。

萌夏さんは私に伝えようとしてくれていた。

源くんだって、私の話を聞こうとしてくれていた。

言わなかったのは私だ。

伝えようとしなかったのは私だ。

お母さんにアルバイトのことを認めてもらいたかったときだって、言葉にして思っていたことを伝えた。

一度はできたはずのそれが、どうしてできなくなってたんだろう。

キッチンの方をふり返ると、源くんはフライ用のバスケットを片づけていた。

こっちを見ようともしないその横顔を少しだけ見つめて、すぐに前に向き直る。

ポロロロン、と店が新しいお客さんを迎え入れた音がした。

5. イートインでお願いします。

その週の土曜日。

午前十時から午後三時までのシフトを終えて店を出ると、長い茶髪《ちゃぱつ》の後ろ姿をすぐに見つけられた。店の裏口に面した時間貸しの駐車場《ちゅうしゃじょう》、車止めブロックに座《すわ》ってコーラのペットボトルを傾《かたむ》けている。

「萌夏《もか》さん！」

声をかけて駆《か》け寄《よ》ると、萌夏さんはペットボトルに蓋《ふた》をしてこっちを向いた。

「急に呼び出しちゃってすみません。あの、バイトの予定とか大丈夫《だいじょうぶ》でしたか？」

「今日は午前中に働いていたから、午後は暇《ひま》だった」

萌夏さんは歯を見せてニカッと笑う。

「優芽《ゆめ》ちゃんからデートに誘《さそ》ってもらえるなんて嬉《うれ》しい」

萌夏さんと話すのは、青江《あおえ》さんの家での一件以来。

数日前、勇気を出してメッセで連絡《れんらく》をしたら、すぐに返信があって会うのを了承《りょうしょう》してくれた。

店の裏口がある薄暗《うすぐら》い路地から駅前の通りに出て、スクランブル交差点の手前で揃《そろ》って足を止める。

「どっか行く?」と訊《き》かれて、私は考えていた候補地を挙げた。

「また一緒《いっしょ》に、千葉城《ちばじょう》に行きませんか?」

京成千葉中央駅《けいせいちばちゅうおうえき》から千葉城まで、おおよそ一キロの距離《きょり》を歩く。

八月の初旬《しょじゅん》にここを歩いたとき、萌夏さんはヒールの低いサンダルを履《は》いていた。今日の足元は靴下《くつした》にスニーカーで、そんなところに季節の移ろいを感じる。

「この間話してた、中間テストの結果はもう出たの?」

「はい。今回は過去最高に順位がよくてばっちりでした」

「あたし、テストで『ばっちり』なんて言えたことないわ……」

会話は続くもののどこかぎこちなくて、本題はあとで、と互《たが》いに思っているのがわかる。

けど、いつまでもあと回しにはできない。

博物館になっている千葉城こと猪鼻城《いのはなじょう》に到着《とうちゃく》し、言葉少ななまま階段を上って天守閣まで来た。

最上階まで上り、自販機《じはんき》とテーブルと椅子《いす》のある屋内から外に出て、金網越《かなあみご》しに千葉の街を見下ろす。

ほんの二ヵ月ほど前は暑くて太陽が眩《まぶ》しいばかりだったのに、もうすっかり秋の空気で肌寒《はだざむ》く、すぐに冬になりそう。

萌夏さんは両手の上でコーラのペットボトルを転がしながら、静かに話しだした。

「この間のことなんだけど――」

けど、それはすぐに遮《さえぎ》った。

今日、呼び出したのは私だ。先に話をすべきは、私の方。

「この間は、すみませんでした！」

勢いよく頭を下げる。

「萌夏さん、なんにも悪くないのに。あんな風に帰っちゃって、すみませんでした」

「あたしもその、無神経だったかなって、思ってたから……」

顔を上げると、萌夏さんは心底ホッとしたような、今にも泣きだしてしまいそうな顔で私を見た。

そして。

気が抜《ぬ》けたようにその場にしゃがみ込《こ》み、小さく洟《はな》をすすりだす。

「よかった……」

萌夏さんと気まずくなりたくなくて、その一心で謝《あやま》りたかった。

けど、萌夏さんのこんな反応は想像できなかった。

屋内に戻《もど》り、自販機の前にある椅子に座った。萌夏さんは「ごめん」って笑うとふいに前髪《まえがみ》をかき上げ、私に額を見せてきた。

うっすらとではあるが、細い傷痕《きずあと》がある。

「高校に通ってた頃《ころ》に、友だちに缶《かん》ペンで殴《なぐ》られたんだよね」

驚《おどろ》きのあまり敬語も忘れ、「なんで？」と訊き返した。

「彼氏《かれし》を取ったって言いがかりつけられてさ。で、それなりにやり返しちゃって流血騒《りゅうけつさわ》ぎになったもんだから、停学だなんだってなって、面倒《めんどう》になったから高校やめた」

萌夏さんは前髪を下ろして手ぐしで整え、それから私を見てにっと笑《え》みを浮《う》かべる。

「まぁそんな理由もあるし、そもそもそんな余裕《よゆう》もないっていうのもあるけど、あたし、恋愛《れんあい》とか、今マジで興味ないんだよね。面倒としか思ってない。だから、優芽ちゃんがあたしのこと気にする必要なんてないよ」

気がついた。結局、萌夏さんに気を遣《つか》わせてしまってる。

「言いにくい話させちゃって、すみません……」

「いーよ別に。言いにくくないし、もうただの笑い話だから」

萌夏さんは近くにあったテーブルに頬杖《ほおづえ》をつき、黙《だま》ってしまった私の顔を見つめる。

「拓真《たくま》のことだけど……それっぽいことを言われたことはあるけど、改まって告られたとかじゃないから。それに、あたしはそういうの興味ないってすぐ返したし」

「それっぽいこと？」

「その……」

萌夏さんは言い淀《よど》む。

詳《くわ》しく訊きたいような、訊きたくないような――でも。

「萌夏さんに怒《おこ》ったりしないんで、教えてもらっていいですか？」

はぁ、と声に出してため息をついてから、萌夏さんは教えてくれた。

「あたし、拓真が入ったばかりの頃、よくトレーニングしてたんだよね。そのときにさ、『トレーナーがあたしみたいなバカでごめんねー』みたいなこと言ったんだよね。拓真も優芽ちゃ

ん も、頭 い い 高 校 で し ょ。 そ し た ら、 あ た し の こ と……そ の、 嫌《きら》い じ ゃ な い、 み た い な 言 い 方 さ れ て」

もしかしたら、本当はもっと違《ちが》う言い方だったのかもしれない。

それに「嫌いじゃない」って表現にしても、あの源《みなもと》くんが口にするなら、軽くはない意味だったんじゃないだろうか。

——いいなぁって素直《すなお》に思った。

私もそんな風に好かれたい。

どうしたら、そうなれるんだろう。

私は、小さくなっている萌夏さんに頭を下げた。

「教えてくれて、ありがとうございました」

「ホントに、ホントになんにもないからね？」

悔《くや》しいくらい、やっぱり萌夏さんはカッコよかった。

でも、萌夏さんは私のためにこんなに必死になってくれてる。もう余計なことは訊かない。

「はい。もう気にしません！」

ホッとした顔になって、萌夏さんは続けた。

「どうせあたし、あと少しで店からいなくなるしさ。気にしないでね」

「い、いなくなるとか言わないでくださいよ！　寂《さび》しいじゃないですか」

思いがけず鼻腔《びこう》の奥《おく》が熱くなっちゃって、堪《こら》えようとしたらずびっと鳴ってしまう。

「大げさだなー。連絡先だって知ってるんだし、普《ふ》通《つう》に遊んでよ」

私はティッシュペーパーで洟をかみ、そんな私を萌夏さんはケラケラ笑い飛ばす。

「優芽ちゃん、素直でいいなー。あたしもそれくらいピュアに生まれたかったわ」

「みんな私のこと『無欲』とか『ピュア』とか言うんですよ。全然そんなことないのに。世間知らずなだけでお腹《なか》の中なんてまっ黒だし、腹だって立つし嫉妬《しっと》だってするし」

「そんなに拓真のこと好きだってことか」

なんてまとめられちゃって、うあーって声を上げて両手で顔を覆《おお》った。

「もうヤだ……」

「好きなら好きでいいじゃん。――あたし、うらやましいけどなぁ。梨花《りか》さんとか見てても思うけど、好きな人がいるのって楽しそうだよね」

「梨花さんは彼氏じゃないですか。私はただの片想《かたおも》いですよ。クラスにライバルもいるし……」

「へー、拓真ってあれでモテるの？　すごーい、ハラハラドキドキじゃん」

「笑いごとじゃないです」

けど、今度は私の方が笑ってしまった。

ひとしきり二人で笑ってから、「いーなー」って萌夏さんは呟《つぶや》いた。

「なんかそういうの、うらやましい」

萌夏さんはいつだってカッコいい。

でもそんな萌夏さんは、いつも私に「すごい」とか「うらやましい」とか言う。

みんな、ないものねだりなのかもしれない。

それか、隣《となり》の芝生《しばふ》は青い、だ。


♪♪♪


週が明けて、文化祭まであと五日となった。

校舎の外では文化祭実行委員会が作った大きなアーチや看板の設置が始まり、校舎内はといえばクラスの出しものや展示の準備で空気は慌《あわ》ただしく、ベニヤ板や段ボール箱で教室の後ろやベランダが塞《ふさ》がれているといった光景もしばしば見られるようになった。

かくいう私も飾《かざ》りつけや衣装《いしょう》の準備に駆《か》り出《だ》されてて忙《いそが》しい。土日が文化祭本番ということもあり、今週はアルバイトのシフトも月曜と水曜の放課後二日だけにしてもらってる。

そして今週、源くんとシフトがかぶっているのは今日、月曜日だけ。

源くんにも、先週のことをせめてひと言謝りたかった。

わけわかんない態度を取って怒らせた。

こんなことで、気まずくなったり話せなくなったりしたくない。

かくして気合いを入れて迎《むか》えた放課後、勇んでEバーガー京成千葉中央駅前店へ向かった
――のに。

楽屋で思いも寄らなかったものを目にすることになった。

「……あれ?」

楽屋の壁《かべ》に貼《は》ってある、この店で働くプレイヤーの顔写真。私も採用が決まった直後、オリエンテーションの日にインスタントカメラで撮《と》られ、そのときの写真が貼ってある。

そんな写真の中から、最近入ったばかりであることを示すかのように、私と同じように下の方に貼られていた新人アルバイトの晴香《はるか》さんの写真がなくなっていた。

画鋲《がびょう》が落ちたのかな、と思わず足元を見たけど、誰《だれ》かが掃除《そうじ》したあとなのか、床《ゆか》の上は綺《き》麗《れい》なもの。

不思議に思っていると楽屋のドアが開き、「おはようございます」と源くんが顔を出した。

私を見るなりわかりやすいくらいに微妙《びみょう》な顔をされたけど、それにはかまわず話しかける。

「ねぇねぇ、晴香さんの写真がなくなってるんだけど」

楽屋の壁を指差して訊く私に、さも面倒そうに源くんは教えてくれる。

「その人、先週辞めただろ」

言葉をなくしている私にそれ以上話しかけることはせず、源くんは自分の制服を取り出して、さっさと着替《きが》えスペースに引っ込んだ。


同じ高校生だし、晴香さんとはシフトがかぶることが多く、私がトレーニングを任されたことも一度や二度じゃなかった。

私の拙《つたな》い説明でもちゃんと理解してくれて、仕事ができるようになっててホッとしたのはつい最近のことなのに。

一ヵ月も経たずに辞めちゃったってこと？

仕事を続けるも辞めるも個人の自由。ましてやアルバイト、自分に合わないと思えば好きに辞めるのが普通だろう。

でも、やっぱり考えてしまう。

私のせいなんじゃないか。

うまく教えられなかったからじゃないか。

できるようになったときの楽しさとか面白《おもしろ》さとか、伝えられてなかったんじゃないか。

制服に着替えて髪を結び直し、気持ちを切り替えようと心の中で何度もスイッチを入れたけどうまくできなかった。楽屋の椅子に座り、テーブルの表面を見つめることしかできない。

ＩＮ時間まであと五分……。

「――守崎《もりさき》、」

ふいに名前を呼ばれて顔を上げた。

向かいの席に、源くんが座っている。

先に着替え終えた源くんは、私を無視してずっとスマホをいじっていた。せっかく楽屋で二人きりだというのに、謝るどころか声をかける気力さえわかなくて、無視されたままでも仕方ないと思っていた矢先のことだった。

「辛気《しんき》くさい。そんな顔で店出んな」

「ごめん……」

「っつーか、なんでそんなお通夜《つや》みたいなことになってんだよ」

「だって……晴香さん、私のせいでバイト辞めちゃったかも」

言葉にした分だけその事実に重みが増して、耐《た》えられなくなった私はテーブルに額をつけた。

少しして、源くんの声が私の後頭部に降ってくる。

「晴香さんと揉《も》めたりでもしたの？」

「揉めてはない、けど。トレーニング、私が何回もしてた」

たっぷり五秒くらい経《た》ってから、「それだけ？」と呆《あき》れたように訊かれた。

「それだけで、お前へコんでんの？」

そんな風に言われ、じわりと耳の先が熱くなる。

でも、心外だって気持ちもあって顔を上げた。

「だって、私の教え方が悪くて辞めちゃったのかもしれないじゃん！」

「トラブってたならともかく、バイトなんて辞めるときは辞めるし、守崎のせいじゃないだろ。辞めないといけない事情ができたのかもしれないし」

「そ、それはそうかも、しれないけど……」

もごもごしてしまった私に、けど源くんはわずかに表情を緩《ゆる》めた。

「まぁ、少しはわからなくもないけど」

そんな言葉をかけてくれるとは思わず、まじまじと見返したらついと目を逸《そ》らされた。

「時間かけてトレーニングしたのに辞められると、あの時間はなんだったんだって思わなくもない。……そういう意味では、守崎がバイト続けてるのは、俺《おれ》としてはよかったけど」

身体《からだ》の奥から色んな感情が込み上げて、胸が詰まって息苦しいほどになる。

私に腹を立ててたはずなのに、こんな風に慰《なぐさ》めてくれるなんて反則すぎる。

冷たくてキツい物言いだけの人なら、好きにならなかったのに。

こんなんだから、望みなんてないって思いながらも好きな気持ちを手放せない。

「あと、前から一つ思ってたんだけど」

意味深に聞こえなくもない言葉に途端《とたん》にドキドキし始めた心臓を抑《おさ》えつつ、「なんでしょう……？」と訊き返す。

「守崎って、自分の中で結論出しすぎ」

「どういう意味？」

「そのままだろ。本人に訊きもしないで勝手にこうだって決めつけて、すぐヘコんでうじうじすんだろ」

遠慮《えんりょ》がなさすぎるその言葉には、思い当たる節がありすぎて赤くなった。

お母さんにアルバイトを辞めるように言われたとき、話してもわかってもらえるわけなんてないって源くんに相談したのを思い出す。

あのときと同じ。

萌夏さんのことも、源くんのことも、そして今、晴香さんのことも、「こうに決まっててる」って思い込んで、一人で悩《なや》んでヘコんでた。

話してみたら、話を聞いてみたら、そうじゃなかった、なんてことはいくらでもあるのに。

言葉で伝えなきゃ、本当のところなんて何も伝わらないのに。

「……源くん、」

「何？」

「この間、変なこと言ってごめんなさい」

小さくなって頭を下げると、返ってきたのは大きなため息だけだった。

あのときの話題には一切《いっさい》触《ふ》れないまま、源くんは席を立ってスマホを自分の学生鞄《がくせいかばん》のポケットにしまう。

「今日のＩＮ時間、一緒だろ？」

うん、と頷《うなず》いて私も席を立った。


その日は夕方のアイドルタイムに三十分だけ、源くんにキッチンを教えてもらった。

グリルとスチーム周りはひととおりマスターしたので、今日はフライ、揚《あ》げものだ。白身魚のフィッシュフライやぷりぷりのエビが入ったシュリンプフライ、ナゲット、デザートのパイ、そしておなじみのポテトフライなどが該当《がいとう》する。

冷凍《れいとう》の食材を決められたサイズの金属製のバスケットに入れ、高温の油で満たされたフライヤーに投入し、キッチンタイマーをセットすればＯＫ。ダブルサイドグリルと同様、こちらも決まった時間が経つと、投入したバスケットが油から自動的に上がる仕組みになっている。

教えられた食材の種類や調理時間、ストック方法などをトレーニングノートを見ながら確認《かくにん》し、頭にしっかり叩《たた》き込《こ》む。

集中していると三十分はあっという間で、カウンター業務に戻るためにエプロンを外しながら、源くんにそっと話しかけた。

「源くんって、バイト好きだよね」

キッチンカウンターをクロスで拭《ふ》いていた源くんは、「好きっていうか」と教えてくれた。

「自分でコントロールできるから気楽ってだけ」

そして言い淀むような間があったものの、源くんはポツポツ話し始める。

「中二の妹がいるんだけど」

歌音《かのん》ちゃんのことだ。

最近は私に期待することはやめたのか、催促《さいそく》のメッセもぱったり来なくなっていた。

「音大を受験するつもりで、ヴァイオリンのレッスン、たくさん受けてるんだ。そうすると、金がかかるだろ？」

「うん」

「したらうちの親、俺にも同じくらい金をかけないと不公平になるって、サッカーの装備とかジャージとか、あれこれ買《か》い与《あた》えるようになってさ」

高いシューズ、ブランドもののジャージ、サポーター、その他もろもろ。

「面倒になった」

予想もしていなかった言葉に目を瞬《またた》く。

「音大受けたいって本気の妹と、部活はほどほどでいいってレベルの俺じゃ違うだろ。金かける必要もないし」

「もしかして、それでサッカーやめたの……？」

「そう。バイトなら親に買ってもらうものなんてないし、ついでに小遣《こづか》いも稼《かせ》げるだろ。まぁ、小遣い要《い》らないっつったところで、親は毎月銀行に振《ふ》り込《こ》んでるけど」

なーんだって、ちょっと拍子抜《ひょうしぬ》けした。

萌夏さんと源くんの「お小遣いを稼ぐ」って、全然同じじゃなかった。

そしてつけ加えられた言葉には、思わず口元に笑みが浮かんじゃいそうになる。

「それに、バイトだと学校にはいないタイプの人がいて面白い」

それって、私と同じじゃん。

エプロンをキッチンのすみのフックに戻し、源くんの脇《わき》を通《とお》り抜《ぬ》けてカウンターの方に戻る。すれ違いざまにその立ち姿を見て、改めて思う。

素っ気ないけど、愛想《あいそ》もないけど、それでも無駄《むだ》なく的確に色んなことを教えてくれて、まじめに仕事をする源くんは、やっぱりとってもカッコいい。

サッカーをやってるところも見てみたかったけど、今の源くんの姿を知ってるってだけで、私には十分だ。

その日、源くんより早くアルバイトが終わった私は、帰りの電車の中で歌音ちゃんにメッセを送った。

『ずっと、ちゃんとした返事ができてなくてごめんなさい』

言葉にしないと伝わらない。

それはきっと、私以外のみんなも同じ。

源くんに知られたら「余計なことすんな」とか怒られそうだけど、ここは歌音ちゃんに免《めん》じて許してもらおう。

フリック入力でちまちま文字を入力しながら、それから私と歌音ちゃんのメッセのやり取りはしばらく続いた。

♪♪♪

翌日の放課後、私は文化祭の準備を一時間だけ抜けさせてもらい、急いでEバーガー京成千葉中央駅前店へと向かった。

約束どおり、店の前ではヴァイオリンケースを背負った歌音ちゃんが待っててくれている。

「ごめんね、待った？」

歌音ちゃんは私の質問には答えず、疑うような目をこちらに向けた。

「今さら、どういう風の吹き回《まわ》しですか？」

完全に警戒《けいかい》されている。

けど、これも致《いた》し方《かた》ない。のらりくらりとかわし続けていたのは私だ。

それに、警戒しつつも歌音ちゃんがここに来てくれたってことが今は何より大事。

「どうするのがいいか考えて、私にできること、これくらいかなって思ったの」

今日、源くんは午後四時からシフトに入っているはずだ。現在時刻は午後三時四十五分、ちょうどいい。

歌音ちゃんと一緒に店に入ると、頭上からポロロロン、と聞き慣れた音が降ってきた。すぐに「いらっしゃいませ、こんにちは！」とカウンターから挨拶《あいさつ》され、お客さんとして迎えられてなんだかこそばゆい。

「あれ、優芽ちゃん？」

カウンターにいるのは青江さんだった。顔を合わせるのは、そういえば女子会以来。

「この間は、おじゃましました」

そして、私は青江さんにあるお願いをした。

「そういうことなら」と青江さんは快《こころ》よく引き受けてくれる。

ひとまず空いている二人がけのテーブル席で向かい合って座ると、歌音ちゃんは声を潜《ひそ》めて私に抗議《こうぎ》してきた。

「どういうことですか？　店長さんを紹介《しょうかい》してくれるんじゃないんですか？」

「『力を貸す』って言っただけで、私はそんな約束してないよ」

「騙《だま》された……」

嚙《か》みついてきそうな目で睨《にら》まれた、そのとき。

「おはようございます」と挨拶する声が聞こえ、歌音ちゃんと揃ってカウンターをふり返る。

Ｅバーガーの制服姿の源くんが現れた。

私は席を立って歌音ちゃんを手招きし、ＰＯＳマシンで出勤時間を入力している源くんにカウンター越しに近づいた。

「源くん」

名前を呼ぶと源くんはきょとんとして「何やってんだ？」と呟き、それから私の後ろにいる歌音ちゃんに気づいて眉《まゆ》を寄せた。

「おい、どういうことだよ」

「歌音ちゃんに、お兄ちゃんが働いてるところ、見せてあげてよ」

「はぁ？」

源くんは助けを求めるように近くにいた青江さんを見たが、青江さんは唇《くちびる》にニッと笑みを浮かべて源くんの肩《かた》を叩いた。

「キッチンは私がやるから、カウンターはよろしくね」

「ちょっと待ってくださいよ！」

青江さんは鼻歌でも出そうな雰囲気《ふんいき》で、楽しそうにキッチンに去っていく。

こうしてカウンターに残された源くんは、私たちと向き合った。その目には、わかりやすいくらいの怒《いか》りが見て取れる。

「守崎、どういうつもりだよ？」

「うちのお母さんと、同じことしたらどうかなって思ったの」

言葉だけじゃ納得《なっとく》させることはできなかったけど、私が実際に働いているところを見せたら、お母さんはアルバイトのことを認めてくれた。

アルバイトのことを認めたくない歌音ちゃんと源くんは、今のところ互いに言葉も足りてない。それなら先に、働いているところを見せるのもアリかなと考えたのだ。

源くんは無言で歌音ちゃんを見つめていた。互いに何か言いたげな顔をしているものの、出てくる言葉はない。

そして私は、そんな二人の間に割り込んだ。

「源くん、私たちはお客さんなので、そんな感じでよろしくお願いします」

「そんな感じって……」

「今の私たちは、お客さんです」

そう念を押すと、源くんは思いっ切り渋《しぶ》い顔になって俯《うつむ》く。

このとき、源くんが心の中でスイッチを入れたのが手に取るようにわかった。

次にこちらに顔を見せたとき、さっきまでの源くんはもうどこにもいなかった。満面の笑みってわけじゃないけど、接客用の顔を私たちに向ける。

「ご来場ありがとうございます！　こちらでお召《め》し上《あ》がりでしょうか？」

兄の突然《とつぜん》の変化に目を丸くした歌音ちゃんに、私は内心でほくそ笑む。

さすが、源くん。

歌音ちゃんは動揺《どうよう》したように視線を右往左往させたものの、やがて「イートインでお願いします」と小さく答えた。

源くんは、プレイヤー仲間には愛想がないだのかわいげがないだの言われることが多い反面、それでも仕事のときは素の自分のキャラと切り分けてちゃんと接客ができる。

口ではアルバイトのことを「気楽」などと表現していたけど、仕事は決して気楽なだけでやってない。

私に最初に仕事を教えてくれたのはそんな源くんで、そんな源くんだから私もちゃんとやろうと思えた。続けたいって思えるようになった。

そういうことを、少しでも歌音ちゃんにわかってもらえたらいい。

「期間限定の新商品、梨《なし》シェイクはいかがでしょうか？」

気圧《けお》され気味《ぎみ》の歌音ちゃんに源くんはすかさずサジェストする。メニューと源くんの顔を何度も見比べてから、歌音ちゃんは「じゃあそれで」と答えた。

「お客さまはいかがなさいますか？」

ぼうっとしていたら今度は私が訊かれたので、「梨シェイクとスイートポテトパイ二つ、パイはテイクアウトでお願いします」と注文する。

こうして歌音ちゃんの分も含《ふく》めて私が支払《しはら》いを済ませ、受《う》け渡《わた》しカウンターで先に梨シェイク二つを受け取った。

歌音ちゃんにストローの挿《さ》さった梨シェイクのカップを渡し、こそっと囁《ささや》いておく。

「もう少しお店に居座《いすわ》って、お兄ちゃんが働いてるとこ、じっくり観察したらいいよ」

歌音ちゃんは素直に頷き、それから「シェイク奢《おご》ってくれてありがと」と礼を言って小走りで席に戻っていった。

それから、私は袋《ふくろ》に入れてもらったスイートポテトパイを受け取る。

歌音ちゃんがそばにいないのを見て取り、源くんはたちまち接客モードをオフにして仏頂《ぶっちょう》面《づら》で訊いてきた。

「なんで守崎と歌音が一緒に来るんだよ」

「それはまぁ、色々あって」

「色々？」

カウンターにある時計を見た。そろそろ店を出ないとだ。

「とにかく、歌音ちゃんと一度でいいからちゃんと話、してあげてね」

「なんでそんなこと言われなきゃなんねーんだよ」

「そこは気にしないでください。――自分の中で結論出しすぎって私に言ったの、源くんじゃん。ちゃんと話さないとわからないこともあるよ」

ポロロロン、と新しいお客さんがやって来る音がして、「じゃあね」と私はそこで会話を切って源くんに背を向けた。

それから、席に戻ってシェイクのストローをくわえている歌音ちゃんに声をかける。

「家に帰ったら、ちゃんとお兄ちゃんと話してね」

「もう行っちゃうの？」

「うん。文化祭の準備、抜けてきちゃったから学校に戻るよ」

戻ったところであまり時間はないかもしれないけど、やれることはやりたい。一学期はアウェイだった教室に、やれることと居場所ができたのだ。自分の役割は大事にしないと。

「……色々、ありがと」

小さく手をふってくれた歌音ちゃんに手をふり返し、店を出た瞬間《しゅんかん》、「またのご来場お待ちしております」と源くんの声が追いかけてきた。

ふり返ってカウンターの方に手をふると、面倒そうな顔をされたものの、少しだけ手を上げて応えてくれる。

千葉駅を目指す足はいつになく軽くて、歩きながら梨シェイクのストローに口をつけた。

酸味があり尖《とが》った甘《あま》さの夏のパイナップルシェイクと比べると、秋の梨シェイクはずいぶんと優《やさ》しくまろやかな甘さだった。

来た道を戻って学校に帰り着くと、クラスメイトたちは「おかえりー」と明るく迎えてくれた。

「用事、もう済んだの？」と深田《ふかだ》さんに訊かれて頷いた。

「ばっちり済ませてきた！」

時刻は午後五時前、これなら一時間は作業ができそうでホッとする。

教室では机と椅子をすみの方に寄せ、調理スペースと客席を隔《へだ》てるパーティションの飾りつけをしていた。私と深田さんは人気《ひとけ》のない廊下《ろうか》の端《はし》っこに移動し、そこで私はお土産《みやげ》を渡す。

「あ、Ｅバーガーのスイートポテトパイ！」

「もう冷めちゃってるかもだけど……」

「食べたいなって思ってたんだ。ありがとう！」

二人でスイートポテトパイを食べつつ、床に紙を広げて覗《のぞ》き込《こ》んだ。

「これ、確認したよ」

床に広げた紙は、ずっとデザインで悩んでいたメニュー。教室を去り際、深田さんに確認をお願いしていたのだ。

「前に見せてもらったときから、ずいぶんデザイン変えたんだね」

「文字サイズを大きくして、商品と商品の間、スペースを多めに取るようにしたの」

前はもっと文字が小さく、文字を中心に寄せるようなデザインにしていた。

けど、Eバーガーで指差しや筆談で注文を受けたのをきっかけに、読みやすく、指差ししやすいメニューにしてみようと思ったのだ。

耳が不自由でなくても、「これ」と指差しで注文する人は多い。指し示しやすいメニューの方が、オーダーを取る人だって楽だ。

こんな風に試行錯誤《しこうさくご》を重ねていたら、完成はギリギリになってしまった。ここまでやれと誰に言われたわけではないけど、あれこれ考えながら作るのは楽しかった。

「すごく見やすくなったしいいと思う。優芽ちゃんすごいね」

「すごくはないけど、それならよかったよ」

あとはカラーコピーして、厚紙に貼ればおしまいだ。

そのあとは深田さんと一緒に飾りつけの手伝いをして、午後六時過ぎに解散となった。教室の施錠《せじょう》は男子たちに任せ、門限がある私は方向が一緒の深田さんと二人で先に学校を出る。

すでに日は落ちていて、空には白い月がぽっかりと浮かび、下校する生徒たちでいっぱいの国道沿いの歩道に街灯が白い光を一定間隔《いっていかんかく》で落とす。行《ゆ》き交《か》う車のヘッドライトが、生徒たちを照らし出しては影《かげ》を伸《の》ばした。

「忙《せわ》しなくてごめんね」

校門を出たところで、私に付き合って一緒に帰ってくれた深田さんに謝った。

「全然いいよ。私も先に帰れてラッキーだし。それより、門限って文化祭の日は大丈夫なの?」

「さすがにそこは許可取ったよ」

文化祭は土日の二日間で行われ、一日目の土曜日の夜には中夜祭《ちゅうやさい》と呼ばれるイベントもある。一等星コンテストという美男美女コンテストや、キャンプファイヤーなどがあるらしい。

終了《しゅうりょう》が午後八時の予定なので、お母さんには早々に知らせておいた。

下校する生徒たちでにぎやかな通りを二人で歩きつつ、私は内心ずっとタイミングを窺《うかが》っていた。

駅に着いて電車に乗ったらきっと難しい。話すなら、その前がいい。

そうして歩行者信号が赤になり、二人して立ち止まったときに意を決した。

「深田さん、ちょっとだけいい?」

きょとんとした深田さんの手を取り、生徒の多い大通りから角を曲がり、人気《ひとけ》のない路地に引っぱっていく。

「優芽ちゃん?」

「私、ずっと深田さんと話がしたくて……ごめん、すぐ終わらせるから」

摑《つか》んでいた深田さんの手を離《はな》し、姿勢を正すようにして対峙《たいじ》した。

辺りに人がいないのを確認し、静かに大きく息を吸って切り出す。

「あのね、前に、源くんのことで、協力してほしいって言われてた件なんだけど……」

これを言ったら、もう深田さんは仲よくしてくれないかもしれない。

でも、黙ってるのはもうやめるって決めた。

だってやっぱり、私も源くんのことが好きだし。

深田さんにも嘘《うそ》をつきたくないし。

深呼吸して、続きを口にした。

「私、協力できない」

深田さんは、じっと私を見つめたまま動かない。

「私も実は、源くんのこと……」

口の中で舌がもつれそうになる。

けど、なんとか言葉にした。

「好きだから」

はっきりとそれを口にしたのは初めてかもしれない。

そのことだけで頬が熱くなるのを感じて、私は俯いた。

言った。

言えた。

けど。

同じくらい怖《こわ》い。

じりじりした沈黙《ちんもく》が落ち、ドキドキしすぎた心臓が痛くなってくる。

自分のスニーカーのつま先を見つめ、そのままじっと固まっていると。

深田さんは、堪え切れなくなったように小さく笑った。

「なんとなく、そうじゃないかと思ってた」

その言葉に驚いて顔を上げる。深田さんはまだ笑ってる。

「そうじゃなかったらいいなって思ったから、私も優芽ちゃんにあえて訊かなかったんだ。ごめんね」

「そ、そんな、謝ることじゃないし」

熱くなった頬は、解けた緊張《きんちょう》と恥《は》ずかしさでますます温度を上げていく。

萌夏さんにもバレバレだったし、私ってそんなにわかりやすいのかな……。

「そういうことなら、私は私でがんばるよ」

カラッとした笑顔《えがお》で宣言した深田さんは、眩しいくらいに潔《いさぎよ》かった。

「遠慮はしないからね」

その言葉にはドキッとしたし気圧されもしたけど、私も少しでも潔くありたくて「わかった」って頷く。

文化祭で深田さんがどうするのか気になるけど、もうそれは訊かないでおく。

それから、一番確認したかったことを口にした。

「協力はできないけど……友だちでは、いてくれる？」

その質問には、さっきと同じくらいの緊張が伴《ともな》った。

けど、今度の返事は早かった。

「もちろん！」

その瞬間、膝《ひざ》の力が抜けて、よろけかけた私に深田さんが手を貸してくれる。

「大丈夫？」

「うん……ホッとしすぎて……」

「優芽ちゃんってば大げさだなー」

大げさでもなんでも、私にはそれくらいの大事《おおごと》だったんだからしょうがない。

深田さんと手をつないだまま、二人で大通りに戻る。

そうして駅への道を進みつつ、私たちは顔を寄せ合って話し続けた。

私はここぞとばかりに、「私、源くんのことで情報持ってるよ」なんて深田さんに教える。

「情報？」

「二つ上のバイトの先輩《せんぱい》がいるんだけどね……」

一方、深田さんも「それなら」と教えてくれる。

「サッカー部時代の話なんだけど……」

好きな人の話をするのは楽しくて、帰り道、私たちはひそひそと情報交換《じょうほうこうかん》を続けた。

しまいには笑いすぎてほっぺたや腹筋が痛くなり、続きは明日の昼休みって約束までして別れる。

ライバルなんだし、楽しいのは今のうちだけかもしれない。

それでも、こんな風に深田さんとたくさん話ができて嬉しかった。

勇気を出して、一歩踏《ふ》み出《だ》せてよかった。

その日の晩、風呂上《ふろあ》がりに自室でスマホを見たら、源兄妹《きょうだい》からメッセを受信していた。

歌音ちゃんからは、『納得はしてないけど理解はした』なんて中二らしからぬ達観した雰囲気のメッセが届いた。あのあと、帰宅した源くんと話ができたらしい。

そしてその源くんからは、『妹が面倒かけて悪かった』とのメッセだった。歌音ちゃんから事情を聞いたのだろう。

そんなメッセは、こう続けられていた。

『俺はこれからも普通にバイト続けるから』

お節介《せっかい》だったかもしれないけど、丸く収まったっぽいならよかった。

色んなことでもやもやしてたけど、やっとやれることをやれたってすっきりする。

——好きなら好きでいいじゃん。

萌夏さんがくれた言葉を噛みしめる。

深田さんみたいに告白できる気はしない。

深田さんに出遅《でおく》れて、結局泣くかもしれない。

でも、だからって好きなのをやめたりしない。

私は私で、好きなんだからしょうがない。

スマホをベッドに放り、続いて自分の身を投げ出す。

枕《まくら》を両手で抱《かか》えて顔を埋《うず》め、あーって叫《さけ》んでから足をバタつかせた。

6．ご来店、ありがとうございます。

薄《うす》い雲が広がる秋空の土曜日。

我《わ》が作草部《さくさべ》高校の文化祭・南雲祭《なぐもさい》がスタートした。

体育館でのオープニングセレモニーののち、クラスごとに準備して店はオープン。

午前十時を回るとチケットを持った一般客《いっぱんきゃく》の入場も開始し、校舎はかつてないにぎわいを見せ始める。

生徒には事前に文化祭のパンフレットが配られており、どの出しものやステージを見ようか、私もそれなりに考えてはいたのだけど。

「二番テーブル、ホイップパンケーキのドリンクセット二つ！」

「五番テーブル、フルーツパンケーキのパイナップル抜《ぬ》き一つ！」

「四番テーブル、プレーンパンケーキのセットに、トッピングでホイップクリームとソーセージと……」


ランチタイムが近づくにつれ、それどころじゃなくなった。

文化祭のクラスの出しものは、大きく三タイプに分かれる。

喫茶店《きっさてん》のような飲食系、お化《ば》け屋敷《やしき》や占《うらな》いなどのエンタメ系、そしてライブや演劇などを披露《ひろう》するショー系。

喫茶店とか定番でいいじゃん、というノリでうちのクラスは女装・男装喫茶になったものの、混雑は想像以上だった。のんびりよそのクラスの出しものを見に行ける状態ではなく、クラス一丸となってこのランチタイムをいかに乗り切るかといった雰囲気《ふんいき》だ。

客席とキッチンスペースを区切っているパーティションには、メモ帳に走り書きしたオーダーがクリップで留められていた。自動でオーダーが通るEバーガーのシステムってすごいんだなと、しみじみしてしまう。

『1の4　ダブルカフェ』という名の我がクラスの店は、ドリンクのほか、甘《あま》いパンケーキとしょっぱいパンケーキの二種類をメニューとして提供している。女装・男装喫茶というコンセプトと絡《から》めて「ダブル」なのだ。

パンケーキは軽食だしランチ時はそこまで混まないんじゃないか、なんて見積もりは甘かった。飲食店の出しもの自体そこまで多くなく、それも屋台ではなくちゃんと椅子《いす》とテーブルがあるところは限られているというのも一因らしい。

正午が近づくにつれ廊下《ろうか》の列はさらに延びていき、列の整理にもクラスメイト数名が駆《か》り出《だ》されている。

私は黒のパンツに黒のベストというバーテンダーみたいな格好で、オーダーを確認《かくにん》して指示を出していく。

「沢井《さわい》くん、二番テーブルのドリンク作り始めてください」

「中村《なかむら》くん、空いたテーブルの片づけと掃除《そうじ》お願いします」

「菅原《すがわら》くん、四番テーブルのトッピング、クリームとソーセージで合ってるか再度確認してもらえますか？」

フリフリのメイド服を着せられた男子たちは、私の指示に「うっす」と低い声で応えて散っていく。この忙《いそが》しさに、男子たちの女装姿にもすっかり慣れてしまった。

少しだけ手が空《す》いてひと息ついたところ、ゴミをまとめていた文化祭実行委員の千里《ちさと》さんがこっちにやって来るなり拍手《はくしゅ》した。

「守崎《もりさき》さん、さすがだよー。やっぱり司令塔《しれいとう》って大事だね」

私と似たような格好だけど、千里さんは短い髪《かみ》をワックスできっちり固め、綺麗《きれい》に化粧《けしょう》をしている。すらりと長い手足も相まって男装の麗人《れいじん》って感じだ。

店が混雑で混沌《こんとん》とし始めた頃《ころ》、私を司令塔に任命したのは千里さんである。当初の予定では、私はドリンクコーナーを担当するはずだった。

「もういっぱいいっぱいです……」

人をまとめるのとか指示を出すのとか、そもそも得意な方じゃない。学級委員とか絶対に無理！ってタイプだし。

「いやいや、さすがEバーガーの店員！」

ちなみに、Eバーガーでもランチタイムなどのピーク時には、複数のプレイヤーにこうやって指示を出す司令塔が存在する。それはもちろんリーダーの役目で、私みたいなぺーぺーがやったことなどあるわけがなく、見《み》よう見真似《みまね》もいいところ。

そんな会話を交《か》わしているとまたオーダーが入り、確認してキッチンの方に指示を出す。けど、キッチンの方も溜《た》まった注文をさばくのに手いっぱいのよう。

先の注文の品ができてからもう一回フォローしよう、とメモに書《か》き込《こ》んで壁《かべ》に貼《は》っておく。

そんなとき、パンツのポケットに入れていたスマホがふいに震《ふる》えた。見るとメッセを受信してて、通知に表示された名前を見て慌《あわ》ててタップした。

『四組のドリンクってテイクアウトできる？　アイスコーヒー欲《ほ》しい』

用件だけの端的《たんてき》なメッセは、まさかの源《みなもと》くんだった。

いまだに片手でスマホを扱《あつか》えない私は、両手の指を使って返信する。

『ドリンクだけならテイクアウト可。お店混んでるけど、テイクアウトの列はそこまで並んでないよ』

もっと丁寧《ていねい》な文面で返したかったけど、忙しい最中《さなか》にメッセのやり取りを続けるのは気が引け、こちらも端的に返信してすぐにスマホをポケットにしまった。

……来るのかな。

中途半端《ちゅうとはんぱ》な男装が途端《とたん》に気になった。せめて髪くらい整え直したいと思えど、飲食店でベタベタ髪に触《さわ》ることもできないので我慢《がまん》するしかない。

そわそわしつつも目の前の注文の山に意識を戻《もど》して働くこと五分ほど、教室の入口の方で笑い声がして目をやった。

黒いTシャツを着た源くんと友だちであろう男子の二人が、うちのクラスの中村くんと話している。さっきの笑い声は、中村くんのメイド服姿に対するものだったらしい。中村くんは廊下の方を指差し、テイクアウトの列を二人に教えている。

中村くんに礼を言い、廊下に戻ろうとしたところで源くんが私の視線に気づいた。軽く挨拶《あいさつ》するように、小さく左手を上げてくれた。

さっきのメッセのお礼程度の意味合いだろう。すぐにその姿は見えなくなり、挨拶を返す間もなかった、けど。

どうしようもなく頰《ほお》が緩《ゆる》んだ。

会話はなかったけど、密《ひそ》かなやり取りって感じがして一拍遅《いっぱくおく》れてドキドキしてきた。文化祭すごい。

急に楽しくなってきて、いっそう仕事に精を出す。が、まさかの十二時半過ぎに今日の分のパンケーキの材料がなくなり、嵐《あらし》のような一時《いっとき》は呆気《あっけ》なく終焉《しゅうえん》を迎《むか》えた。

もっと材料を仕入れるべきだったと反省する声もあったけど、こんなに忙しいのが続くの無理、と音を上げる声もあちこちから上がる。キッチンの奥《おく》やベランダでへばっているクラスメイトも少なからずいて、自分がそれなりにアルバイトで鍛《きた》えられているのを実感した。

「あとは予定どおり交代で店番すれば大丈夫《だいじょうぶ》そうだね」

そして、まとめ役の千里さんは満足げに頷《うなず》く。売り切れず材料が残ってしまうのに比べたら、ずっといいスタートだ。

私としても、混雑はしたけど大きなクレームもなくちゃんと回せてよかった。

「優芽《ゆめ》ちゃん、店番何時まで?」

キッチンスペースから出てきた深田《ふかだ》さんに声をかけられ、「一時半」と答えた。

深田さんはパンケーキの盛り付けを担当していて、黒のパンツ姿にエプロンという格好だ。

男装っぽさはほとんどなくて、普通《ふつう》にかわいらしい。

「そっか。私は四時からまた店番だから、いったん着替《きが》えようかと思って」

「そうなんだ……」

途端に不安が首をもたげてくる。

深田さん、本当に源くんに告白するのかな。

深田さんとは前より本音で話せるようになった気がしていたけど、これぱっかりは訊《き》けない。

遠慮《えんりょ》はしないとも言われてるし……。

「じゃ、またあとでね」

笑顔《えがお》で手をふる深田さんを見送って、一人静かに嘆息《たんそく》した。

自分の気持ちを言葉にして、色んな人にちゃんと伝えて、色んなことがすっきりしたと思ってた。

けど、まったく前進していないものもある。

どうしたら、深田さんみたいに積極的になれるんだろう。

源くんと一緒《いっしょ》に仕事ができて、なんでもないおしゃべりもできるようになって。それだけでいつも胸はいっぱいで、それ以上を望むのは贅沢《ぜいたく》だって思う。

なのに、源くんが萌夏《もか》さんのことを好きかもって思ったら辛《つら》くてしょうがなかった。

深田さんが告白するって考えたら、やめてほしいって思ってしまう。

だったら私だって動くべきだとわかってるけど、これっぽっちの勇気も出せてない。

自分から動かなきゃ、何も始まらないってわかってるのに。

言葉にして伝えなきゃ、何も伝わらないってわかってるのに。

気持ちを伝えたら最後、気まずくなったり話せなくなったりしそうで怖《こわ》い。

それに何より、深田さんみたいな明るくて社交的な子ならともかく、私みたいな面倒《めんどう》かけてばかりの女子が告白しても、困らせるだけの気もするし……。

さっきまでの楽しかった気分はどこへやら、どんどんネガティブになってきたので顔を上げた。

こういうときは、働くに限る。

せっかくEバーガーでのスキルが役に立っているのだ。店番の間はがんばろう。

教室の外に貼り出すことになった、『本日、パンケーキは売り切れました』と書いた紙とガムテープを手に廊下に出た。

今の私は店員モード、お客さんへのアナウンスくらいできる。紙を壁に貼りながら、声をはり気味にして案内する。

「一年四組のダブルカフェ、パンケーキ売り切れました！　コーヒー、紅茶などのドリンクとクッキーはありますので、ぜひお立ち寄りくださ――」

「優芽ちゃん！」

聞き覚えのある声に名前を呼ばれ、言葉を切ってふり向いた。

襟《えり》つきの淡《あわ》いブルーのシャツに黒のジーパン、肩《かた》から斜《なな》めがけしたボディバッグというラフな格好で立っているのは、まさかの隼人《はやと》さんだった。


♪♪♪


思いがけない人物の登場に何度も目を瞬《またた》いてから、そういえばチケットを渡《わた》していたことを思い出した。

隼人さんはポカンとしている私の格好をまじまじと見ると、「そういう格好も意外と似合うね」なんて爽《さわ》やかな笑《え》みを向けてくる。派手さはないけど花のある空気はいつもどおりで、通りすがりの女子生徒たちの視線をしっかり集めている。

「あの、えっと……パンケーキ、売り切れです」

突然《とつぜん》のことに頭が回ってなくて挨拶もせずにそんなことを口にすると、隼人さんは小さく笑った。

「そうみたいだね。飲みものだけで十分だよ」

午後一時を回り、教室のテーブルには空席があった。

「それならその、お席にご案内しますね。ご来店、ありがとうございます」

「よろしくお願いします」

教室の中に通し、空いている席に座《すわ》ってもらってメニューを見せた。隼人さんはにこにこしたまま話しかけてくる。

「文化祭の空気、なんか懐《なつ》かしくて楽しくなってきたよ」

「私は今年が初めての文化祭です」

「そっか。なら楽しみだね」

「ですね……」

どういうテンションで会話を続けていいのかわからない。

コーヒーとクッキーの注文を受けてキッチンスペースの方に下がるとホッとした。のは、つかの間のこと。

たちまちクラスの女子たちに囲まれて壁際《かべぎわ》に追《お》い詰《つ》められ、質問《しつもん》攻《ぜ》めにされてしまう。

「あのイケメン、もしかして守崎さんの彼氏《かれし》？」

実は八月の登校日のとき、クラスの女の子たちとおしゃべりしている中で、隼人さんの話をしたことがあった。

「女グセが悪くて、店に元カノがいっぱいいるらしい」なんて紹介《しょうかい》したその人だとは、さすがに言えない。

「バイト仲間で……彼氏とかそういうんじゃないよ」

「大学生？」

「いいなー、私もあんな知り合い欲しい」

「守崎さんに会いに来たならそういうことだよ！」

何が「そういうこと」なのかさっぱりわからない。

盛り上がるクラスメイトたちの輪を抜け、そそくさとコーヒーとクッキーを用意してテーブルに運んだ。

「ありがとう」って隼人さんが笑むと、私の背後で女子たちの小さな悲鳴が上がった。

「優芽ちゃん、店番っていつまで？」

壁の時計を見た。嘘《うそ》をつく理由もないし、「あと十分くらいで終わりです」って答える。

「もし約束がなければ、一緒に見て回らない？　一人で見るのもなんだなと思って」

動揺《どうよう》のあまり固まってしまい、すぐに返事ができなかった。

約束なんてないし、私が渡したチケットでここまで来てくれた隼人さんを無下にもできない。

でも、二人で回ったら絶対にクラスで噂《うわさ》される……。

「イヤかな？」

返事をできないでいたら気を遣《つか》わせたのか、遠慮がちに訊かれてしまってもうどうしようもない。

「そんなことないですよ」

って答える以外、選択肢《せんたくし》なんてなかった。


クラスの女の子たちに、店番なんて早く切り上げろと言わんばかりに早々に教室を追い出されてしまった。

トイレの個室で男装用の衣装《いしょう》から制服のスカートとクラスTシャツという格好に着替え、廊下で待ってくれている隼人さんのところに駆《か》け寄《よ》る。

「お待たせしました」

「あ、それクラT？」

「そうです」

クラTことクラスTシャツは、出しもの用の衣装とは別に、クラスごとに作るのが慣例になっている。源くんが着ていた黒いTシャツもそう。

うちのクラスのTシャツは濃《こ》いピンクで、前面には『1－4』という文字と花柄《はながら》のイラスト、そして背面にはクラス全員の名前が白字でプリントされていた。

隼人さんは私の後ろに回り込んで背中を見ると、「優芽ちゃんの名前もあるね」って笑った。いつもは落ち着いた雰囲気だし、はしゃいだような様子にちょっと意外に思う。

「見に行きたいところとかある？」

隼人さんが広げてくれたプログラムを横から見た。

できることなら、源くんのクラス、一年二組はぜひ避《さ》けたい。それ以外ならどこでもいい。

隼人さんと一緒にいるところを見られるのは、さすがにいまいちすぎる。

「そういえば、拓真《たくま》って何組？」

けど隼人さんと私の共通の知り合いなんて源くんくらいしかこの高校にはおらず、こういう展開になるのもまたわかってた。

言い訳も思いつかないまま、早速《さっそく》一年二組に向かうハメになった。隣《となり》の隣のクラスなので、ごちゃごちゃ考える間もなく着いてしまう。

一年二組の出しものはお化け屋敷。

教室前の廊下は血痕《けっこん》を模した赤い飛沫《しぶき》のある黒い紙で壁が覆《おお》われ、窓も塞《ふさ》がれ照明も消されていて薄暗《うすぐら》く、大量の笹《ささ》で鬱蒼《うっそう》とした竹藪《たけやぶ》を再現していて廊下の装飾《そうしょく》だけでもかなり本格的だった。入口の前では、頭頂部に矢を生やした落ち武者スタイルの生徒が整理券を配っている。

「ただ今、午後四時入場分の整理券を配ってまーす」

まさかの整理券方式で、見ると廊下には整理券を持った人たちの待機列ができていた。装飾も凝《こ》ってるようだし、評判がいいのかもしれない。

「整理券もらいますか?」と訊くと、隼人さんは渋《しぶ》い顔をした。

「四時だとちょっと厳しいかも」

夕方から演劇サークルの練習があるのだという。

ということは、サークルの練習ついでに来てくれたのかな。隼人さんの大学は、うちの高校から歩ける距離にある。

なんでわざわざ来てくれたんだろうって疑問は解消した。きっと練習まで時間があったんだろう。

かくして、一年二組のお化け屋敷は回避《かいひ》できて心の底からホッとした。源くんがお化け屋敷でなんの係をやってるのかは気になったけど、それは今度訊いてみよう。

そのあとは美術部の展示を見たり、軽食を食べたりとぶらぶらした。縁日《えんにち》のゲームをやっているクラスで輪投げをしたら、茶色いクマのお面をもらえたので隼人さんに見せる。

「これ、ピーターに似てますね」

隼人さんはきょとんとし、けどすぐになんのことかわかったようで笑われた。

「Eバーガーのマスコットか」

源くんだけならいざ知らず、バイト歴三年以上の隼人さんまでこの反応。

Eバーガーのマスコット、オーケストラの仲間たちはそれなりに種類が多いとはいえ、全キャラを覚えているのは私だけだったりして……。

そして一時間も経《た》った頃、体育館のバンドステージを観《み》た私たちは、体育館の近くの自販機《じはんき》のそばでひと息ついた。

「なんか、学校案内みたいになっちゃってすみません」

思っていた以上に来場者が多く、人気の出しものには例外なく長蛇《ちょうだ》の列ができていた。パンフレットを見ながらあれこれ覗《のぞ》いてはみたものの、時間がかかりそうなものをパスしていくうちに校舎を一周してしまったのだ。

「こっちこそ、せっかく案内してもらったのに時間なくてごめんね」

自販機は体育館と運動部の部室棟《ぶしつとう》の間にあり、校舎からは離《はな》れているので人通りはなかった。隼人さんは自販機で紙パック飲料を二つ買うと、私の顔前に掲《かか》げる。

「いちごミルクとウーロン茶、どっちがいい？」

訊かれてから、奢《おご》られたらしいことに気がついた。

「すみません、ありがとうございます」

「付き合ってもらったお礼だから気にしなくていいよ。で、どっちがいい？」

どっちでも、と答えそうになったけど、そういう答えって余計に気を遣わせちゃうし。

「じゃあ……いちごミルクで」

クラスTシャツと同じようなピンク色のパックを受け取り、ペコッと頭を下げた。座れるところを探してちょっとだけ移動し、裏庭のそばの花壇《かだん》の縁《ふち》に並んで腰《こし》かける。

アーチや大きな看板、一般受付などがある正門の方はにぎやかだろうけど、校舎裏のここは人通りがなくて気が抜ける。内心人目が気になってしょうがなかったこともあり、すっかり疲《ひ》弊《へい》してしまった。

ありがたくいちごミルクのパックにストローを挿《さ》してひと口吸うと、舌の上にとろんとした甘みが広がっていく。

うちのお母さんだったら絶対買わないであろう果汁《かじゅう》一パーセントのジュースだし、これまで買うのは気が引けてたけど、思ってたよりずっとおいしい。今度自分でも買おう。

「大学って、文化祭みたいな行事はないんですか？」

「今度、学祭があるよ。今日の練習も学祭のステージに向けてなんだ。また観に来る？　今度はもうちょっと出番の多い役なんだけど」

それには素直《すなお》に頷いた。

「じゃあぜひ」

八月の舞台《ぶたい》も、隼人さんの演技はすごくよかったし感動した。中学時代に自分を変えたいって強く思ったときの気持ちが蘇《よみがえ》ったような気もした。

前みたいに演劇をやりたいって気持ちはもうほとんどないけど、観る分には楽しい。

そういえば、八月の舞台は偶然《ぐうぜん》だけど、源くんと観たんだった。

一緒に行けたりしないかな、なんて思えど、そんなのどうやって誘《さそ》っていいかわからない。

私の返事を聞くと、隼人さんは目元を緩めるようにして笑んだ。

「また来てくれるなら嬉《うれ》しいな。実は――」

けど、隼人さんは何かに気づいた顔になって言葉を切った。

隼人さんは立ち上がり、不思議に思っている私を黙《だま》って手招きすると、近くにあった倉庫の陰《かげ》に移動させる。

「どうかしたんですか？」

訊くと、隼人さんは裏庭の方を指差した。

「あれ、拓真？」

ドキリとしたのを隠《かく》すこともできず、倉庫の陰からそっと花壇に面した裏庭を窺《うかが》い見《み》た。

見覚えのある黒いクラTを着た、源くんが校舎の陰から現れる。

そして。

あ、と思わず声を漏《も》らし、慌てて倉庫の陰に頭を引っ込めた。

一歩遅れて姿を見せたのは、深田さんだった。

倉庫の壁に背中をくっつけたまま、両手でいちごミルクのパックを握《にぎ》りしめる。

これでもかと、血管がドクドク鳴る音が耳に響《ひび》く。

「あれ、もしかして告白かな？」

隼人さんが隣でこそっとそんなことを言うものだから、すぅっと血の気が引いた。

深田さん、本当に源くんのこと呼び出したんだ……。

今すぐここから飛び出して二人の邪魔《じゃま》をしたい、なんてヒドいことをチラと思えど、そんなことはもちろんできるわけなくて、隣の隼人さんのボディバッグを引っぱった。

「あっちの方、戻りませんか？」

そうしてそっと移動して、自販機の辺りまで戻った。

ここなら、もう裏庭は見えない。

膝《ひざ》の力が抜けそうだったけど、隼人さんの手前ぐっと堪《こら》えた。

本当は二人の様子を見たかった。

深田さんがどんな風に告白し、それに源くんがどう答えるのか知りたかった。

それなら、ただの野次馬のふりをして倉庫の陰から様子を窺えばよかったって思うのに。

逃《に》げてしまった。

「――優芽ちゃん」

顔を覗き込まれてハッとした。隼人さんのことを放って考え込んじゃってた。

何かと外に気持ちがバレバレな私のこと、こんなに挙動不審《きょどうふしん》じゃ、隼人さんにもバレたかもしれない……。

「これなんだけど」

けど、明るい表情で隼人さんが見せてきたのはスマホの画面だった。

劇団のものらしい名前と、演目のタイトルが表示されている。大学のサークルなどではない、プロの劇団の公演案内のようだ。

「もしよかったら、今度この舞台、一緒に観に行かない？」

突然の誘いに、思わず顔を上げた。

「さっきの、学祭の話ですか？」

「ううん、それとは別」

「えっと……」

源くんと深田さんのことで頭がいっぱいだったせいで理解が追いつかない。

「チケットは俺《おれ》の方で用意するし、日程も優芽ちゃんの都合がいい日でいいよ」

スマホの画面を見直した。

『潰《つぶ》れかけのホテルで起こった殺人事件。怪《あや》しい人物たちの群像劇、そしてあなたは最後に涙《なみだ》する』という短い説明があり、役者さんの写真や公演日時が掲載《けいさい》されている。

面白《おもしろ》そうではある、けど。

「一緒にっていうのは、その、二人で？」

「そう、二人で」

スマホと隼人さんを何度も見比べ、その都度頭の中に「？」が増えていく。

演劇は面白いし、興味はある、けど。

なんで？

「――え？」

そのとき、ふいに聞こえてきた声に隼人さんと揃《そろ》ってふり返った。

自販機のそばに、源くんが立っていた。

裏庭の方からこっちに歩いてきたらしい。

深田さんとの話は終わったんだろうか……。

と、いうか。

目を丸くしている源くんに、隼人さんは笑顔で「こんにちは」と声をかけた。すると源くんはハッとした顔になり、「どーも」と返してから訝《いぶか》しがるように私を見る。

隼人さんと二人でいるところを、それもよりにもよってこんな人気《ひとけ》のない場所にいるところを見られてしまった。変な勘違《かんちが》いをされてもおかしくない。

ちゃんと説明しなきゃって焦《あせ》った直後、隼人さんが先回りするように口を開いた。

「優芽ちゃんに、文化祭のチケットもらってたんだ」

「そうっすか」

源くんは肩をすくめ、つっと私から目を逸《そ》らして踵《きびす》を返す。

「じゃ」

そのまま去っていこうとする源くんを、けど隼人さんはすかさず引き留めた。

「拓真」

源くんは小さく嘆息し、「なんすか？」と面倒そうに顔をこちらに向ける。

「俺、優芽ちゃんのことデートに誘いたいんだけど。かまわないよね？」

すると、源くんはすぐさま答えた。

「それ、俺に許可取る必要ないっすよね？」

いつもの素っ気ない口調で答えると、源くんは今度こそ立ち去った。

校舎の喧噪《けんそう》や体育館のバンドの音が遠くから微《かす》かに耳に届く。

私は手の中のいちごミルクのパックに目を落として固まっていた。

頭が回らない。

——この状況《じょうきょう》は、何？

デート？

誰《だれ》が、誰と？

許可？

だって舞台って……あれ？

頭の中をぐるぐるさせていたら、「優芽ちゃん」と呼ばれてビクついた。

隼人さんが私をまっすぐに見ていて、それはいつもの柔《やわ》らかい笑顔だと思ったのに。

私にすらわかるくらい、らしくない緊張《きんちょう》が見て取れる。

「こんな風に自分から女の子を誘うの、実は初めてなんだ」

「はぁ」なんてついまぬけな相槌《あいづち》を打つ。

「だからこれでも、かなり勇気を出して誘ってるんだけど」

……ようやく、状況が吞《の》み込《こ》めてきた。

そんなバカな、って思えど、もうそうとしか思えない。

以前、梨花《りか》さんに訊いた修吾《しゅうご》さんとの馴《な》れ初《そ》めを思い出す。

もしかして、これが「付き合う前にデートする」ってヤツ……？

隼人さんは、もう一度だけくり返した。

「一緒に舞台、観に行ってくれませんか？」

生まれて初めて、男の人からデートに誘われた。

♪ ♪ ♪

時間になって帰ることになった隼人さんを、正門のそばまで見送った。

「チケット買わないといけないから、返事、今月中にもらえたら嬉しいな」

月末まではまだ一週間ある。私を慮《おもんぱか》ってか、隼人さんは今すぐに返事をしろとは言わなかった。

「なんかその、すみません」

「謝《あやま》る必要なんてないのに。こっちこそ、驚《おどろ》かせちゃってごめんね」

終始優《やさ》しく私を気遣《きづか》う言葉をかけ、隼人さんは小走りで去っていく。スマホで時間を確認すると午後四時十五分。サークルの練習、遅刻《ちこく》しそうなのかも。

頭がまっ白になり、動揺しまくった私が冷静になるのに時間がかかったせいだ。申し訳ないことをした。

文化祭一日目の出しものは午後五時までで、正門の周囲はすでに帰路に就《つ》く人の流れができていた。それに逆らい、ゆっくりと歩いて校舎へ向かう。

昇降口《しょうこうぐち》でスニーカーから上履《うわば》きに履《は》き替《か》え、一人で文化祭を回る気分にもなれず、ひとまず校舎四階の一年四組の教室まで戻ることにした。

そういえば、深田さんって四時から店番だったっけ……。

一段一段、足元を確かめるように上履きで段を踏《ふ》みしめていく。

なんだかとっても疲《つか》れた。

色んなことがありすぎた。

上階から男子生徒数名が駆け降りてきたので、端《はし》に寄って道を譲《ゆず》った。にぎやかな笑い声があっという間に遠ざかる。

まさか、私にこんなことが起こるとは思わなかった。

だってデートって、意中の相手を誘うものだよね……？

階段を上り切り、四階に到着《とうちゃく》したところで足が止まる。

――それ、俺に許可取る必要ないっすよね？

ずっと頭が理解するのを拒否《きょひ》していたのかもしれない。

さっきの源くんの言葉の意味が、今になって痛みを伴《ともな》って胸に刺《さ》さった。

最初から期待なんてしてなかった。源くんにとって、私が誰とデートをしようが関係ないってことくらい、わかってたはずなのに。

ちゃんと言葉にされるとキツい。

どうせダメだろうしって、ぼんやり思うのとはわけが違う。

あれは、お前になんか興味ないって、はっきり言われたも同然だ。

告白すらしてないのに、これって失恋《しつれん》確定じゃん。

下唇《したくちびる》を噛《か》んで、込み上げたものは辛《かろ》うじて呑み込んだ。こんなお祭りムードの中、一人で泣くとかしたくない。

けど、自分の教室に戻るには源くんの一年二組の教室の前を通らなければならず、仕方ないので回れ右をする。

購買《こうばい》にでも行って時間を潰そうと、階段を降りかけたら呼び留められた。

「優芽ちゃん！」

タオルで両手を拭《ぬぐ》いながらこっちにやって来るのは深田さんだった。黒のパンツにエプロンと、午前中と同じクラスのお店の制服姿だ。

「ジンジャーエールのカップ、うっかり引っくり返しちゃってさ。あちこちベタベタだよ」

小さく笑う深田さんにつられるように笑ったけど、顔が引きつるのが自分でもわかる。

こういうときこそ演じるつもりになるべきだと思うも、心のスイッチは押《お》してもスカスカするだけでまったく入らない。

深田さんはそんな私の様子に気づいているのかいないのか、明るく話しかけてくる。

「バイトの人、来てたんでしょ？　もう帰ったの？」

クラスでどれだけ噂になってるんだろう。深田さんは私が源くんのことを好きなのを知ってるし、クラスのみんなみたいな変な勘ぐりはないと信じたいけど。

「用事ついでに、立ち寄ってくれただけだよ」

話を逸らしたくて、手にしていたクマのピーター似のお面を深田さんに見せた。

「輪投げで当てたんだ」

「へえ……」

微妙《びみょう》な間《ま》があった。

深田さんが、何かを言いたげな表情であることに気づく。

……そういうこと？

私は静かに、肺の中の重たい空気を吐《は》き出《だ》した。

結果はわかり切ってる。こんなところで、変な遠慮なんて必要ない。

だから、自分から切り出した。

「実は私、ちょっと前に深田さんが裏庭にいるの、見たよ」

あえて源くんの名前は出さなかった。

けど深田さんはひゅっと息を呑み、たちまち頬を染めて恥《は》ずかしがるように持っていたタオルで口元を覆う。

「……もしかして、話、聞こえてた？」

「聞いてない。盗《ぬす》み聞《ぎ》き、したくなかったし……」

深田さんはタオルで顔を半分隠したまま俯《うつむ》き、やがて小さな声で教えてくれる。

「告白、したよ」

「そっか」

深田さんは、文化祭で告白するって前から私に宣言してた。出し抜かれたとかズルいとか、そんな風には考えなかったし、そもそも私がそう思う資格もない。

でもやっぱり気になって、心臓がイヤな音を立てるのを聞きながら一つだけ質問した。

「返事は……？」

深田さんは赤い顔のまま私に目をやって。

「思ってたとおり」

はにかむような、照れるような笑みを浮《う》かべた。


深田さんと別れた私は一人、四組の教室から離れた隣の校舎の、二階の図書室そばの女子トイレに駆けた。隼人さんを案内しているときに、図書室は閉まっており近くに出しものをしている教室もなく、この辺りは静かだったことを思い出したのだ。

期待どおりその女子トイレには誰もいなかった。空いていた一番奥の個室に駆け込み、ドアを閉めるやいなや。

視界が歪《ゆが》んだ。

明るいピンク色のタイルの床《ゆか》に、大粒《おおつぶ》の涙がぼたぼたと音もなく落ちていく。

このあと、六時から中夜祭がある。深田さんをはじめとした、クラスのみんなと参加することになっている。だから、我慢しなきゃって思ってたのに。

嗚咽《おえつ》を噛み殺そうと熱くなっている鼻腔《びこう》の奥に意識を集中させたけど、堪え切れずに喉《のど》の奥から小さな声まで漏れてしまう。

こうなるような予感はしてた。

だって私は、好きだって思うだけでなんにもしなかった。

好きになってもらう努力もしてない。

気持ちを伝える勇気も出してない。

私ができなかったそれらを深田さんはやってきたのだ。選んでもらえて当たり前。

当たり前って、思うのに。

涙も嗚咽も止まらなくて、持ってたお面を両手で抱《だ》きしめ、ずるずるとしゃがみ込んで膝を抱《かか》えた。

好きでいられればいいって思ってた。

その結果がこれだ。

ひとしきり泣いたらいつの間にか涙も出なくなっていて、冷たい水で顔を洗い、鏡に映った自分の顔をじっと見た。目はまだ赤いし、目蓋《まぶた》は少しぼってりしてる。

しょうがないので、ピーターに助けてもらうことにした。

どうせお祭りムードの文化祭。予想どおり、クマのお面をつけて歩いていてもそこまで奇異《きい》の目で見られない。

一年二組の前だけは足を速めて通過し、そして四組の教室に帰り着く。

「え、優芽ちゃん?」

さすがにクラスでは笑われたものの、誰もお面を取れとは言わなかった。

心のスイッチの切《き》り替《か》えはまだうまくできなかったけど、物理的な仮面もそれなりに効果があるってことを学んだ。お面があれば、それなりに普通にふる舞《ま》える。

「守崎さんって実は面白い人なんだね」なんてクラスメイトの言葉に笑って返せるようになった頃、私はようやくお面を外した。

エピローグ

二日間にわたる文化祭が終了《しゅうりょう》し、振《ふ》り替《か》え休日となった月曜日。

午前九時に家を出て、Ｅバーガー京成千葉中央駅前《けいせいちばちゅうおうえきまえ》店へ向かった。

文化祭があってあまりシフトを入れられなかった分、しっかり働くつもりで今週分のシフトは提出してあった。

けど、気が重い。

よりにもよって、源《みなもと》くんとシフトがかぶってる。

先週シフトを確認《かくにん》したときは、心の中で「やったー」って歓声《かんせい》を上げたのに。それがまさか、こんなことになるなんて思ってもみなかった。

以前、青江《あおえ》さんに聞いた言葉が蘇《よみがえ》る。

——若い子は色恋沙汰《いろこいざた》で辞《や》めちゃうことも多いし。

その気持ち、すっごいわかる。わかりすぎてヤバい。

学校だったら簡単にやめるなんてできないし、気まずくても諦《あきら》めるしかない。それに比べると、バイトを辞めるハードルってすごく低い。

……辞めたいわけじゃないけど。

源くんに教えてもらって、色んなことができるようになって、これからもっとできることを増やしていけたらって思ってたところなのだ。

——守崎《もりさき》がバイト続けてるのは、俺《おれ》としてはよかったけど。

源くんがそんな風に言ってくれたのに、辞めたいわけない。

それに、私が勝手に失恋《しつれん》したってだけで、源くんにフラれたわけでもなんでもない。

強《し》いて言うなら隼人《はやと》さんにデートに誘《さそ》われたのを知られちゃったけど、それも源くんにはどうでもいいことだし。

源くん側に気まずく思う理由はなく、それなら私が普通《ふつう》にしてればいいだけ。

千葉駅に着いて、線路沿いのいつもの道を歩いていると徐々《じょじょ》に緊張《きんちょう》で胃が強《こわ》ばってきた。

源くんのシフトは確か、今日は十一時からだったはず。私のシフトは十時からだし、一時間は猶予《ゆうよ》がある。

働いていれば、きっと店員モードになれる。そしたら、気まずいとか考える余裕《よゆう》もなくなるよね……。

「おはよう」

急に背後から声をかけられて飛び上がった。

「ごめん、驚《おどろ》かせちゃった？」

いつの間にか背後に立っていたのは隼人さんで、別の意味でドキドキしたけど小さく首を横にふった。

「お、おはようございます」

文化祭での出来事が脳裏《のうり》を過《よ》ぎり、返す挨拶《あいさつ》はどうしてもぎこちなくなる。

デートに誘われた、なんて何度考えても実感がわかない。

告白すらできないまま失恋するような、恋愛偏差値《れんあいへんさち》ゼロの私なのに。

昨日の夜には誘われた舞台《ぶたい》の公式サイトのＵＲＬがメッセで送られてきて、聞《き》き間違《まちが》いとかじゃないってことだけは理解させられた。

すごくモテる人なのに。

来る者拒《こば》まずではあったけど、こんな風に私をからかったりする人じゃないとは思う。それに、誘われたとき、隼人さんはすごくまじめな顔だった。

「今日、これからシフト？」

話しかけられ、落ち着かないまま頷《うなず》く。

「文化祭の振休《ふりきゅう》で……隼人さんもですか？」

「月曜の午前中は講義がないから、たまにシフト入れてるんだ。夜はサークルの練習もあるし」

「一昨日《おととい》、あのあと練習に間に合いましたか？」

「余裕で間に合ったよ」

話しながら隣《となり》に並んで歩きだす。

隼人さんは私に歩調を合わせてくれていて、そんな些細《ささい》なことにまた源くんのことを思い出す。

源くんは歩くのが速くて、並んで歩くとき、私はいつも少し早歩きしてた。

私はまったく落ち着かないのに、隼人さんはいつもどおりの雰囲気《ふんいき》で拍子抜《ひょうしぬ》けする。会話は自然と続き、おかげで朝からずっと感じていた緊張は和《やわ》らいだ。

三ヵ月前、一学期の終業式の日。この道を歩く隼人さんのあとをつけて、お店に辿《たど》り着《つ》いた。

それがものすごく遠い。たった三ヵ月前のことなんて信じられない。

差しかかったスクランブル交差点は歩行者信号が赤だった。揃《そろ》って足を止め、並んで立つと急に隣を意識させられる。

チラと目をやって、その横顔を盗《ぬす》み見《み》た。

私なんかの何がいいのか、訊《き》いてみたかった。

主体性のない自分を変えたいと思ってた。少しは変えられたと思ってた。

そしたら、今まで気づいてなかった自分のダメな部分ばかりが露呈《ろてい》した。

言葉にしないで、すぐに自分の中で結論を出してしまう。

目の前のことですぐにいっぱいになって、先のことまで考えられない。

やりたいことや目標も定まってない。

何より、自分に自信がない。

隼人さんみたいなやりたいことがはっきりしてる人が、なんで私なんかをデートに誘うのかわからない。

ついじっと見てしまい、視線に気づかれて慌《あわ》てて目を逸《そ》らしたけど遅《おそ》かった。隼人さんは口元に手を当ててクスクス笑いだす。

「そんなに意識してもらえると嬉《うれ》しいかも」

抑《おさ》えようもなく顔が熱くなってしまった。

これが年上の余裕なのか。

やっぱり、からかわれてるのでは……。

歩行者信号が青に変わり、歩きだした隼人さんに一歩遅《おく》れてついていく。

「――隼人さんって、大学では何学部なんですか？」

その背中に話しかけると、隼人さんは足を止めて私が追いつくのを待ち、ゆっくりとまた歩きだす。

「文学部。戯曲《ぎきょく》の勉強したかったから」

「戯曲ってことは、やっぱり演劇関係なんですね」

「そうだね」

考《かんが》え込《こ》んでしまった私に、隼人さんは不思議そうな目を向けてくる。

「もしかして、大学受験のことで悩《なや》みでもあるの？」

「そんなに具体的な悩みにもなってないんですけど……」

好きなことがはっきりしててすごいなって改めて思った。

どうしてそんなに夢中になれるんだろう。確かに面白《おもしろ》いし私も憧《あこが》れてたけど、もし私が演劇をやれてたとしても、こんな風に夢中になれたかはわからない。

ふと、自分がやりたいことを考えるために、誰《だれ》かが夢中になっているものを知るのもいいかもしれないって考えが浮《う》かんだ。

八月に、隼人さんの大学サークルの舞台を観《み》に行ったのを思い出す。源くんは酷評《こくひょう》してたけど、私はそれなりに楽しめた。プロの劇団の舞台なら、もっと面白いかもしれない。

「誘っていただいてた舞台なんですけど、行ってもいいですか？」

私の言葉に、隼人さんは目を丸くして足を止めた。

「本当にいいの？」

予想外の驚きぶりに不安になった。

「ご、ご迷惑《めいわく》なら結構です……」

「こっちから誘ったのに、ご迷惑なわけないでしょ」

これでもかってくらい嬉しそうな笑《え》みを向けられて、ハタと大事なことを思い出す。

演劇を観に行くのもいいかもってつもりで訊いたけど、そういえばこれってデートなんだった。

一瞬《いっしゅん》でもそのことが頭から消えた自分が信じられない。

付き合ってないのにデートに行くのって、いいの？

梨花《りか》さんは付き合う前に修吾《しゅうご》さんと何回かデートをしたって話してた。

……デートに行ったら、付き合う流れになるってこと？

失敗したかもしれない。どうしてこう、私ってば考えが足りないんだろう。

隼人さんにちゃんと話さないとって思えど、気がつけば京成千葉中央駅が見えていて、切り出すタイミングもわからないままお店の裏口に着いてしまった。

隼人さんはお店の合鍵《あいかぎ》をトートバッグから取り出しつつ、こんな言葉でさらに私を追《お》い詰《つ》める。

「じゃあ、何日の公演が都合いいか、あとで教えてね」

その表情は楽しみと言わんばかりで、もう何も言えなくなった。

デートをＯＫしてしまった……。

でも、だからどうしたって気もする。

私がデートに誘われようが、源くんにはどうでもいいことだし。

源くんだって、きっとそのうち深田さんとデートするんだろうし。

……なら、演劇目当てで私がデートするくらい、どうってことなくない？

隼人さんが裏口のドアを開けてくれ、エスコートするように「お先にどうぞ」なんて促《うなが》された。ドギマギしながらお礼を言って先に中に入り、そのまま進んで楽屋のドアを開けて挨拶する。

「おはようございます」

楽屋には、Ｅバーガーの制服姿の青江さんと、なぜか見慣れないスーツ姿の修吾さんの姿があった。

漂《ただよ》う空気は重く、二人ともなんだか深刻な顔をしてシフト表をテーブルの上に広げている。

「おはよーございます」

私に続けて顔を出した隼人さんに気づくと修吾さんが顔を上げ、黒縁《くろぶち》メガネのツルに触《ふ》れつつ「ちょうどよかった」と呟《つぶや》いた。

隼人さんは目を瞬《しばたた》き、「修吾さん、なんでスーツなんですか？」と訊いた。

「午後から就活セミナーなんだよ。それより……」

修吾さんは青江さんとチラと視線を交《か》わし、続きを口にしたのは青江さんだった。

「昨日の夜、店長が倒《たお》れたって」

隼人さんは瞬時《しゅんじ》に顔色を変え、一方の私は息を呑《の》んだ。

パティが焼き上がったことを告げる、ダブルサイドグリルの明るいメロディがキッチンの方から微《かす》かに耳に届く。

楽屋は不穏《ふおん》な空気に満ちていたけど、店は変わらずお客さんを受け入れ、今もプレイヤーの誰かが働いているのだった。

〈続く〉

神戸遥真（こうべはるま）

千葉県生まれ。第５回集英社みらい文庫大賞優秀賞受賞。『恋とポテトと夏休み』などの「恋ポテ」シリーズで第45回日本児童文芸家協会賞受賞、「Ｅバーガー」シリーズ全６巻、スピンオフ作品『きみとホームで待ち合わせ』、『笹森くんのスカート』（厚生労働省社会保障審議会特別推薦作品）（以上講談社）などがある。また、第21回千葉市芸術文化新人賞奨励賞受賞。ほかの著書に「藤白くんのヘビーな恋」シリーズ（講談社青い鳥文庫）、「ぼくのまつり縫い」シリーズ（偕成社）、『きゅん恋♥あこがれ両思い』（野いちごジュニア文庫）などがある。

恋《こい》とポテトと文化祭《ぶんかさい》 E《イー》バーガー2

2020年5月26日　第1刷発行
2023年3月13日　第2刷発行

著者――――――――神戸遥真《こうべはるま》
画―――――――――おとないちあき
装丁――――――――岡本歌織（next door design）
発行者―――――――鈴木章一
発行所―――――――株式会社講談社
〒112-8001
東京都文京区音羽2-12-21
電話　編集　03-5395-3535
販売　03-5395-3625
業務　03-5395-3615
印刷所―――――――共同印刷株式会社
製本所―――――――株式会社若林製本工場
本文データ制作―――講談社デジタル製作

N.D.C. 913　216p　20cm　ISBN978-4-06-519157-6

本書は書き下ろしです。

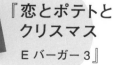

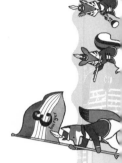

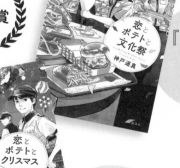

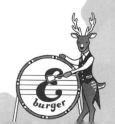

恋×アルバイト×友情

『恋とシェイクとバレンタイン
Eバーガー4』

千葉県立千葉女子高校生徒さん達　感想より

「主人公と一緒に**成長できる**、主人公を**心の底から応援**」

「こんな青春が待っていたらいいな」

「**『変われない』悩み**を抱えた主人公が様々な人と接し、
社会に出て成長していく**姿に心打たれる**。」

「とっても面白かった!
出てくる場所の**『聖地巡礼』**をしてみたいです」

「弱い自分の心をとっぱらって
自分に正直に**挑戦してみたくなった**」

ε burger

burger

神戸遥真の本

『きみとホームで待ち合わせ』

千葉県立作草部高校、最寄り駅は総武線・西千葉駅。
生徒たちはそこから県内のいろいろな場所へと帰っていく。作草部高校1年の教室で「深田さんのことが好きです」と書かれた匿名のラブレターが教室でひろわれたことから始まる、6人それぞれの恋の物語。

『笹森くんのスカート』

(厚生労働省社会保障審議会特別推薦)

―――我が校では、今年度からジェンダーフリー制服を導入しまして……。
「笹森くんのすらりとした引きしまった長い脚が、今日はまた一段と際立っていた。
笹森くんが、ひだの均等なスカートを穿いていたから。
教室の入り口でそれに気が付いたぼくは、ゆっくりと二度瞬きした。」
夏休みあけ、いきなりスカートで登校をはじめた笹森くんをめぐる4人の物語。